科幻文学馆
Science Fiction Museum

人性回廊

王元·著

科幻立方
文库本

天津出版传媒集团
百花文艺出版社

图书在版编目（CIP）数据

人性回廊 / 王元著. -- 天津 : 百花文艺出版社, 2021.1(2021.9 重印)
ISBN 978-7-5306-8042-1

Ⅰ. ①人… Ⅱ. ①王… Ⅲ. ①幻想小说-中国-当代 Ⅳ. ①I247.5

中国版本图书馆 CIP 数据核字(2020)第 257375 号

人性回廊
RENXING HUILANG
王元 著

出 版 人: 薛印胜
选题策划: 成 全 **责任编辑**: 孙 艳
装帧设计: 丁莘苡 **营销专员**: 王立宸
出版发行: 百花文艺出版社
地址: 天津市和平区西康路 35 号 **邮编**: 300051
电话传真: +86-22-23332651（发行部）
+86-22-23332656（总编室）
+86-22-23332478（邮购部）
网址: http://www.baihuawenyi.com
印刷: 天津光之彩印刷有限公司
开本: 710×1000 毫米 1/32
字数: 72 千字
印张: 8.75
版次: 2021 年 1 月第 1 版
印次: 2021 年 9 月第 2 次印刷
定价: 30.00元

如有印装质量问题,请与天津光之彩印刷有限公司联系调换
地址:天津市宝坻区潮阳工业园管委会路东 1 号
电话:(022)29644996
邮编:381015

作者简介

王元

科幻作者。曾获“光年奖”短篇小说奖、微科幻和长篇小说一等奖；“未来科幻大师奖”一等奖、“晋康·晨星”科幻文学奖中篇小说金奖。在《文艺风赏》、《超好看》、《克拉克的世界》(*CLARKESWORLD*)、《类似》(*Analog*) 等媒体发表原创科幻小说与翻译作品数十篇。作品《火星节考》发表于《科幻立方》2017 年第 5 期，获第十八届百花文学奖·科幻文学奖。

道生一,一生二,二生三,三生万物。

——《道德经》第四十二章

目录

01

我还记得那天的阳光，虽寒冬时节，却热情好客，像飞虫一样往眼睛里扎，还好我习惯佩戴墨镜，在暗淡的视野中，目标人物出现。

我还记得那辆黑色卡宴，应是刚刚做过保养，光可鉴人，清晰地拓下我的镜像。车身弧度作祟，我看上去跟镜像有些出入，使我过分臃肿。大部分杀手都会勤加锻炼，严格控制体重，我也不例外。不过我认识一个同行，他不在意这些刻板的约定俗成，也不是说他多胖，而是普通，贪吃、我当然没去餐厅，而是换到相邻车厢。我看见她回来找我，四下张望和打听。

我是一条孤独的影子，被路灯洒进街边水坑。

列车疾驰，岁月骤去。

我又像一片静待盛开的花丛，因为她这只翩跹而至的不速之客变得心事重重。

假如她没有认错？

假如真的存在另一个我？

好吧，杀手应该本分，胡思乱想无济于事。我决定依循原计划行事——避免节外生枝，永远是杀手的行为准则。

火车到站，我混在人群中下车。有了刚才的经历，我小心环顾左右，谨防叫付静的乘务员杀个回马枪。防止被跟踪最好的办法就是反过来盯梢，就像不想被杀死就得先拔枪，没什么大道理可讲，活着就是如此现实。现实残酷。我看见那个女孩，她跟几个同事拖着拉杆箱并肩而行。只要她在我的视线中，我就确保无虞。仅仅是为人身安全考虑，我撵了上去。

只要在规定时间到达约定地点，我就不算违约，雇主照样结尾款。我还有三天可以消费。

付静和同事走到站前街，跟大部队分开，乘坐一辆白色汽车绝尘而去，另外几个同事转入不远的肯德基。事发突然，我没看清车牌。

就这样吧，游戏到此为止。

我往反方向走了几步，遽然转身，义无反顾地踏进肯德基。

我心里生出两个我，一个冷静，一个好奇，前者劝我迷途知返，后者拽着我越走越远。两个我博弈，决斗，没分出胜负，只得僵持。我选择把命运归还命运。我盯着松脆的薯条决定，双数继续，单数放弃。

命运让我走下去。

我来到几位乘务员身旁。“你们好,我是付静的同学,刚才在火车上偶遇,约好一起吃饭,结果没等到她。我好像看见她跟你们一起?”

“原来是你啊。付静跟我们讲了一路,她说没找到你。”

“我去了一趟厕所。那你们知道怎么才能联系上她吗?”

她们叽叽喳喳地把付静的手机号和住址“弹”给我。我没有贸然给她打电话,短租一辆帕萨特,悄悄趴在小区门口盯梢。次日黄昏,她打扮得花枝招展,在小区门口招了一辆出租车。我立刻撵上去。那是一家装潢高档的川菜馆,应是十周年同学会的举办地。付静走到门口,停下来,跟从对面走来的一双男女打招呼。付静嬉笑着捶了男人胸口一拳,嘴里念念有词。

男人反应茫然。

我更茫然。

那是另一个我。

不排除我有一个双胞胎兄弟,不排除父母想在三十年后给我一个惊喜。

夜里十一点半,付静和一群同学在饭店门口歪歪斜斜地告别,有的高谈阔论,有的痛哭流涕,酒精和别离相得益彰。那个我被几个同学搀扶,推进一辆汽车。我跟上去。我从未有过这种心情,紧张、兴奋、害怕、期待,诸多色彩涂抹在一起,发生微妙的化学反应。他在小区门口下车,摇摇晃晃,几次刷卡都没成功,还是保安打开门禁。

我溜进小区,眼看他扑倒在一丛四季青中。

观察外立面,小区交房时间应该不晚于 2000 年,治安一般,绿化可怜,一路上,我见到三四只流浪狗。

我悄悄走到他身边，蹲在不远处，认真打量这张熟悉又陌生的脸孔；若他此时睁眼，定惊出一身冷汗。过了十分钟，他慢慢蠕动几下，我向后错几步，躲在一棵法国梧桐后面。他先是坐在地上，四下看看，仿佛在确认自己的处境，接着艰难地站起来，跨过花池，撞进单元门。单元门用石块儿抵住，保持敞开，大部分老旧小区都这么处理，出行方便大于安全隐患。我没尾随他上楼，而是站在楼下，默数渐次亮起的声控灯。他住第五层。

这注定是难忘的一夜。

而我应该忘记所有事情。

三

林迈盯着尸体——浑身赤裸，上半身撂在床上，双腿耷拉到地板，中间那具阳物垂头丧气，远不如圆睁的双眼有生气，脖颈处有明显掐痕，脸上和小腹点缀瘀青——浮想联翩：他如何撞入房间？如何心急火燎扒净衣服？如何跟床上的裸女云雨？又如何遇袭，被迫停止营业，关张大吉？严格来说，女性死者并非一丝不挂，她穿一双撕碎的肉色丝袜，左脚套着黑色高跟鞋，另一只则遗落玄关；脸朝下，长发大面积散开，却无法遮掩洇透床单的血迹。

“林队。”王越轻声问候林迈，待成功吸引后者注意，打了一个喷嚏，他的目光不时瞥向女人胴体，用双手搓搓两臂，“真冷啊。”

“空调检查了吗？”林迈也忍不住打冷战，窗外是怒放的盛夏，屋里却凛冬将至。

“中央空调就是一个摆设。”王越抬手指指屋顶的出风口，“这里是样板间，大部分家用电器都是样品，冰箱倒是真的，不过里面的水果和牛奶都是塑料制品。”

通过案发现场不难还原一场惨烈打斗：酒架和吧台满是酒瓶碎片，客厅的自动窗帘被扯下一面，壁挂电视机屏幕开裂。在此之前，也不难还原一对男女的激情，女人的西服、衬衫、包裙从客厅到卧室铺陈一路，上衣左胸口别着银色名牌：置业顾问宋琪。奇怪的是，整个样板间没有一件男性死者的衣物——也许是凶手的特殊癖好，把死者的衣服当成战利品收藏和回味，若是如此，为何不拿女性死者的衣服？经常有凶手收集死者的物品甚至身体部位。林迈还在警校时，就听说明城出现过一个连环杀手，会把死者的指甲拔下来。这个杀手仍然没有归案，只是最近几年没有犯案。那桩案件当时非常轰动，弄得人心惶惶。

林迈小心翼翼地在玻璃碴之间踮脚走动，蹲下来，看见一摊红酒中凝固着几块拳头大小的粉红色晶体，戴上手套，拾入证物袋，起身交给王越："方警官快到了吗？"

"已经在路上，大概十分钟吧。"

"哦。"林迈漫不经心回道。其实他内心蛮想见方灵，提及她的名字，他就会心跳加速。以前不这样，自从他们上次联手破获"裂脑人"案，他就发觉内心有些骚动。林迈吁一口气，把心思按捺到现场，蛇似的目光在两位死者身上爬行。他注意到男粘一枚窃听器。

我沉浸在一种别样的情绪中，出门时竟被一位大妈拦下，猝不及防。

“你站住。”她吼道，“你怎么见了婶子也不打声招呼。喏，这是我煮的花生，还说等你们下班再送过来。前两天林虹说好吃，我就又煮了一些，货真价实，比外面卖的干净。”她盯着我，欲言又止，最后说道：“小张啊，对媳妇好一点儿，林虹多好的姑娘。”

我接过花生，支吾两句，目送大妈上楼。

我回到家中，一边吃花生，一边浏览照片，桌子上很快出现花生壳堆起的小山。当我吃完最后一颗花生，我决定复刻他家布局。我立马下楼，打车去电子城，买了一台彩色打印机，把照片打印出来，用大头针固定在墙上。看着一墙照片，我突然感到无趣：我他妈到底在做什么？

我不是他。

他也不是我。

我没必要变成他。

现在联系雇主应该还不晚，虽然超过约定时间，但至少我完美地完成任务。好吧，我不要尾款，我只想回家，回到属于我的真正的家、我的城市，以及我的世界。

我没有来过安市，但应该距离我定居的城市不算太远，大概两个小时车程。我想象着，两个小时之后，躺在熟悉的床上。我拿出手机，输入城市名称，查看具体路线，结果却显示不出来。我登录搜索引擎，根本不存在我生活的城市，也不是不存在，而是城市名称改了，就像北平改为北京，奉天改为沈阳。

我坍塌在椅子上，呼吸沉重。

死者苏海洋，男，明城富贾。

苏海洋是近几年发迹的开发商，赶上 2016 年房价疯涨，捞了不少钱，不时在本地新闻露脸，有好事，也有坏事，有逢场作戏，也有现身说法，总之，在土地面积不大不小、常住人口不多不少、经济效益不高不低的明城，算是不俊不丑的一号人物。

明城建市不足百年，没有历史底蕴，也不依山傍水，缺乏旅游资源，产业以纺织和制药为主，随着两者携手没落，连续十几年，财政收支都靠卖地平衡。苏海洋系明城南二环附近村民，年轻时参与过帮派争斗，有案底，在监狱认识一位开发商老板的司机，后经该司机搭线，成为一名安保人员。说好听点儿叫安保人员，挑明了就是打手。当时明城房企非常混乱，老板多有涉黑背景，遇到不配合的拆迁户，就派打手骚扰，或语言威胁，或拳脚相向。苏海洋脑子活泛，没几年便摸清开发商贷款和承包的流程，空手套白狼，开发了本村，从小喽啰一跃成为大老板。苏海洋的公司最近开发一处新楼盘，名为巴黎春天，主打法式风情，案发地点位于售楼部样板间，另一位死里逃生的受害者为巴黎春天的置业顾问。

《惊！无良开发商和美女销售在样板间鬼混遇难！》——如果让自媒体披露，定会在明城掀起一波热搜，成为大街小巷茶余饭后的谈资。林迈吩咐王越，让弟兄们三缄其口，但消息还是散播出去，像他担心的那样，迅速蔓延和发酵。一时间，巴黎春天售楼部成为网红打卡地，许多外地游客纷纷来此拍照或者录制视频，真正过问项目的购房者则被劝退。样板间发生命案，似乎整个楼盘都是鬼屋，晦气！

“网上一片叫好。”王越幸灾乐祸地笑着说，“都说苏海洋为非作歹，现世现报。你听说过巴黎春天的维权事件吧，坑了好多人——2014 年就开盘，当时连土地证都没下来，价格比现在低一半还多，结果开发商把自己告上法庭，揭露无证销售属于违规操作，让法院责令其退还房款，购房协议作废，转头再按照如今的高房价对外销售。你算算，当时的首付款，现在顶多买个卫生间，换谁也不能接受。购房者去售楼部拉条幅维权，被苏海洋叫人打了。很多人为买房都扒了一层皮，这么一搞，想死的心都有，好像真有人跳楼。哎，林队，你说会不会是购房者蓄意报复？”

“因为一间房子杀人？”林迈反问道。

“你是饱汉不知饿汉饥，像我们买不起房子的人，说把房子当成终生奋斗目标也不为过。尤其是我这种买房结婚的刚需。买不上房子和买上又被毁约相比，后者更让人怒火中烧。”王越说着便咬牙切齿，“像苏海洋那样的奸商，死不足惜。”

“你该不会也是巴黎春天的受害者吧？”

“我才看不上那个破盘，英伦风、法式风都是前几年流行的，外立面又是腰线，又是夸张的造型，现在主张简洁的新中式风格。苏海洋就是一个混混，根本不懂建筑。”

“死者就是死者，不要代入他生前的角色和历史。”

“我可没您那么高的觉悟，”王越不以为然

道，“我当初报考刑警专业就是为了惩恶扬善、除暴安良，这些手脚不干净的人别落在我手里，否则没他们好果子吃。”

林迈从王越身上看见年轻时的自己，直接、冲动、不顾一切、勇往直前，他既欣慰又担心。两个人边走边聊，林迈用胳膊夹住王越的脖子，给他一点儿过来人的惩戒与提醒，不期撞见方灵。林迈连忙放手，尴尬一笑。方灵则面无表情，从他们身边经过，像一阵风。

“林队，问你件事。”王越凑在林迈耳边，“你们共事时间长，你见过方警官笑吗？”

“问我干什么！”林迈故意提高分贝。

“你们俩之前不是一起看过电影？据我所知，那可是方警官唯一一次约会。”

“马上开会，赶紧整理整理思路。”林迈不愿继续这个话题，推着王越跨进会议室。只有当事人知道，那次观影之旅并不存在，只是为林迈制造不在场证明，在那个案子中，林迈的身份不是执法者，更像行刑人。

主持会议的是明城市江祜区分局副局长陈斌。他有点儿发福，警服撑得很展，个子不高，却极具压迫感，尤其是那双眼睛，鹰一样盯着与会人员。

王越陈述了基本案情，暂时得出的结论是仇杀。苏海洋做房地产生意，本身就容易树敌，加上他为人高调、心狠手辣，想要置他于死地的人不在少数。案件发生时间为 7 月 26 日，因此被命名为“7·26 杀人案”。

一般来说，案件命名方式不外乎以下几种，日期、受害人姓名、案发地点，以事件发生日期命名的情况尤为普遍。其实，这并不是刑侦案件原创，而是古已有之，尤其是近现代，中国遭遇列强搜刮和掠夺，发生过不少战事冲突和赔款，比如甲午战争、庚子赔款，再比如后来的七七事变、九一八事变等。

案件命名有时也会融入案情元素，比如“系列”“抢劫”“毁尸”等，像一个月前发生的两起身首分离案，就被命名为“6·19 特大分尸案”。

“此案社会关注度极高，市局给我们的压力很大。”陈斌环视一周，将目光停留在林迈身上，“你说说看。”

“门窗没有破损的痕迹，我怀疑是熟人作案。凶手既了解死者行踪，又知道门锁密码，只有这样才能在苏海洋进入样板间时，溜进去行凶。”林迈点击翻页笔，大屏幕上出现苏海洋尸照，“苏海洋是被人用力掐死，死前经过一番打斗，身体有几处明显外伤，指缝也发现凶手的皮肤组织。方警官——”林迈把接力棒传到方灵手中，后者一如既往地面无表情，“麻烦你讲下，有没有从资料库比对出皮肤组织的DNA。”

“有。”方灵的声音中没有一丝雀跃，“结果显示，与死者本人一致。”

“什么？”林迈吃惊道，“你的意思是苏海洋抓了自己一把？”

“这种可能性不高，但激烈打斗时存在自伤的概率。不过我没有在尸体上找到与之对应的抓痕。”

“怎么可能？”陈斌猛地站起来，“如果你们的说法成立，除非存在两个苏海洋。”

“这是最自洽的解释。”方灵冷冷地说，冷得让林迈想起案发现场。

“粉色晶体呢？有什么结论？”林迈想起另外一个疑惑，向方灵求证。

“不知道。”方灵摇摇头，“我从来没见过这种物质。”

疑惑接踵而来，明明是夏天，阳光下晒两分钟就会分泌一层细密的汗液，稍一走动，便汗流浃背，发生凶案的样板间却如同太平间，刚走进去，浑身的寒毛就奓起来——没有任何制冷设备却制造出刺骨的冷。有这个前提打基础，出现两个苏海洋似乎也不足为奇。

售楼部没有巡夜保安，发现死者的是第二天进房打扫卫生的保洁人员。现场一片狼藉，但除了苏海洋和宋琪，尚未发现第三者指纹。售楼部规定，每天下班之前打扫房间并进行消杀，将茶几和橱柜等家具用蘸有酒精的抹布擦拭干净，每天早起上班再清理一遍。苏海洋和宋琪是在售楼部下班后进入样板间的，门口监控拍到他们开车进来，时间是凌晨二时许，因为房间温度过低，死亡时间很难通过技术手段锁定。幸运的是，录像显示，他们进入售楼部两个小时之后，那辆车驶离。因此可以推测出苏海洋被害的具体时间，还说明另外一条关键信息——歹徒不仅杀害苏海洋，重伤宋琪，还开走他们的座驾。

“找到那辆车了吗？”陈斌问道。

“还没有。”林迈快速答道。

“怎么会还没有？监控没有拍下车牌号？”

“没有车牌，那是一辆新车，红色卡宴。”林迈摁下翻页笔，屏幕上展示出目标车辆，“我们已经调查过，明城只有一家保时捷专卖店。”

“你刚不是说卡宴吗，怎么又成了保时捷？”陈斌打断林迈。

“陈局，”王越忍笑提醒陈斌，“卡宴是保时捷的一种车型。”

众人使劲绷着嘴，不敢发声，只在眼睛里放纵欢乐。

“我调节一下气氛，一点儿都不幽默。”陈斌指示林迈，“继续。”

“他们这周只卖出过一辆红色卡宴，购买者却不是苏海洋，也不是宋琪。”林迈又点了一下翻页笔，屏幕上是一位身穿黑色西服的男性，“而是他，宋玉。”

“宋玉是谁？”

“海洋房地产有限公司行政经理，分管安保工作。我们出‘7·26’的现场，就是他负责对接。我们找他谈过话，宋玉说他经常帮苏海洋采买，小到一瓶洗发水，大到一处住宅。”林迈翻着资料说道。

“苏海洋还买什么住宅，他不就是房地产开发商吗？”陈斌再次打断林迈。

“这也是幽默吗？”林迈小心翼翼地问道。

“我估计，他是不敢住自己盖的房子吧。”王可不想在地上爬。”

“苏海洋很重要吗？”林迈不讨厌陈斌，作为顶头上司，陈斌没少给林迈施压，但护短的时候一样冲锋陷阵，替林迈扛住上峰的斥责。林迈跟他置气是因为业务，归根结底，还是案子。在此之前，林迈正在协助调查“6·19特大分尸案”，目前连两位死者的身份都没查明，就被陈斌紧急召回，让他两边兼顾，说是两边兼顾，重心还是要往苏海洋的案子倾斜，林迈只好找冀渊—— 一个他比较看好的中队长——帮他盯着无名尸案，“其他人的生命就不重要？”

“6·19”是最近几十年明城发生的大案，由市局牵头，联合刑警支队专家成立专案组，从分局大队和中队调取精锐。现在调查命案都是成立专案组，大队、中队一起办案，打乱建制，像“6·19”这种恶性案件，刑警支队会出专家指导，但是不一定直接指挥。林迈也被抽调进“6·19”专案组。一个多月之后，发生“7·26”案，人手紧张，只能调整一下，由分局牵头，林迈主持。从内心来说，他更想碰“6·19”，一方面是那个案子更有挑战性，另一方面，他也从心底排斥苏海洋，只是不能像王越那样毫不掩饰地表现出来。

“我知道你还在介怀我把你从‘6·19’案撤出，但我也没办法。侦办‘6·19’的队伍非常庞大，差一个不会影响进度，‘7·26’则不然，我只能依靠你。整个明城上上下下都在关注苏海洋，甚至有自媒体给凶手写文漂白，称他是无名英雄，这让警方颜面扫地。不是我非把你叫回来，是市局说集结精锐中的精锐。明城六个刑警大队，四十岁以下的大队长只你一个，不是说其他人没有能力，但大多都是能力加资历升上去的。”陈斌突然压低音量，“本来支队要插手，还是我据理力争，推荐了你。”

“你把我叫过来不是为了恭维吧？”林迈知道陈斌的难处，“想说什么，别绕弯子。”

“你也看到了，本案牵涉苏海洋这个明城风云人物，加之‘6·19’的恐慌，市局希望尽快结案，稳定民心。”陈斌站起来，伸手拍拍林迈的肩膀，后者却下意识躲开，陈斌扑了个空，“我知道你的脾气，但这事咱得冷静。”

“抓不到凶手怎么结案？”

“上头没说，我也没问，只说舆论压力很大，尽快结案。还有两个月就是明城建立一百周年，权当是给明城献礼吧。”陈斌再次拍打林迈肩膀，终于得逞，林迈整个人丢了魂似的，一动不动。

巴黎春天售楼部关停，开发商在明城商贸综合体租赁两间底商，重新接受购房咨询。苏海洋不在了，下面的人也要吃饭，况且一期已经封顶，对外宣传售罄，如今加推二期，要给付款业主吃一颗定心丸。其实，警方并没有要求关停售楼部，他们只在发生命案的样板间门口拉了警戒线，派警员二十四小时值守。无奈来人都是看热闹和笑话的，真正的购房者却避之不及。

林迈再次带队进入案发现场，展开细致入微的搜索，不放过任何可疑之处。就像作者写文章，总要修改几稿才能满意。林迈把案发现场当成初稿，至少要来三五次，才能触摸到每一处细节。

房间温度恢复正常，苏海洋和宋琪都被搬离现场，置身其中，林迈还是感到阴风阵阵。他从玄关开始搜查——宋琪外套丢在此处，苏海洋和她进门就急不可耐，一件件剥脱衣服。有没有可能，凶手一直尾随，趁他们没注意，在关门的一瞬间用鞋尖挡住？不，如果凶手跟进来，大门摄像头就会捕捉到。密码锁只检测到宋琪的指纹——如果找到。”

“不要被固定思维带偏，我之前破过一个案子，嫌疑最大的是个十三岁的孩子，没人相信他会杀人，结果恰恰是他。思维跟视线一样，都有盲区。”林迈提醒王越，“如果保洁趁苏海洋和宋琪熟睡之际进入房间——”

“击晕宋琪，再掐死苏海洋？”王越抢白道，“逻辑不通吧，她不应该先除掉威胁更大的苏海洋？为什么他身上没有钝器击打的痕迹？而且，动机是什么？三角恋不成立吧，还是说她发现苏海洋跟宋琪老在这里滚床单，害她增加工作量？”

“我们现在要做的是寻找嫌疑人，之后再着力排查。”林迈说，“任何理论上有可能行凶的人都要关照到。五十岁的女性也可能爆发出惊人的力量。”

“假定有罪？这可不像我们林大队长的作风

啊！她没有驾照。”

“什么？”

“杀害苏海洋的凶手是驾车离开的，她没有驾照。”

“哦。”林迈的确有些反常，他没有把陈斌给他的压力转嫁给兄弟，为了尽快破案，他必须抓住任何一丝线索。

“照你这么说，宋琪也有作案可能，也许苏海洋强迫她进行肉体交易，她用力反抗，被苏海洋打破脑袋，之后爆发惊人求生欲，把苏海洋掐死。又或者，她勾引苏海洋，做爱时把他掐死，为了掩人耳目给自己挂点儿彩？你别用这种眼光看我，我说的这些假设都有迹可循，越是像苏海洋这种有钱人，玩得越刺激变态，对寻欢场所和情境要求越高越离谱，追求异常和猛烈的快感，比如让宋琪掐住他的脖子，玩窒息体验。说不定还设计剧情，他假扮购房者，在看房时强暴售楼小姐。”

林迈饶有意味地盯着王越，看得后者有些发毛。“懂得真多啊，渊博。”

“我也是道听途说。”王越挠挠头说。

“我还以为是经验之谈。”说是玩笑，但王越提供了一种可能性，宋琪的确具备杀人的便利条件，不管是蓄意谋害还是防卫过当，当时他们共处一室，趁苏海洋睡着动手也不难。以上假设都有可能发生；只要有可能，就有可能是真相。

“林队，你过来看下。”有伙计蹲在地上跟他打招呼，林迈立马凑过去问询，伙计用镊子夹起一块玻璃片，“上次玻璃附近都是红酒，我们没有注意到，这上面是血迹。”

“这儿也有。”又有一位伙计找到带血迹的玻璃碎片。

林迈让大家留意，很快就找到不少目标。林

迈观察着这些形状不一的碎片，想办法通过某个体系将它们联系在一起——击打宋琪头部的钝器还没有找到——他尝试将这些碎片拼凑，不需太多，两三块严丝合缝就能证明这些碎片来自同一支酒瓶。显而易见，凶手用酒瓶开了宋琪的脑袋。一般而言，干这种勾当使用的凶器都是啤酒瓶，林迈完全没想到凶手会用红酒瓶，就像很难想象衣着光鲜的丽人沿街乞讨——又一个思维盲区。

"把所有酒瓶碎片带回警局检查。"林迈说道，"虽希望不大，但也许能从上面采集到指纹。"

大家纷纷蹲下来，小心翼翼收集碎片，只有王越例外，他接了一个电话，对林迈说："宋琪醒了。"

03

我把房间布置得和他家一模一样。

他,另一个我,名字也跟我一样。

为了便于区分,我称其为张嵩 2 号或者 2 号张嵩。假如他察觉到我的存在,也会给我冠以相同的称谓吧。人们都是这样,习惯从自己的视角出发;每个人都觉得自己是唯一,是本体,其他人都是复制粘贴的备份。

我买了他家同款沙发、电视机、橱柜,连壁纸都是一样的花色,置身其中,我仿佛也活成了他。

白天，我跟踪他去上班。中午，他常跟两三个关系不错的同事去公司对面的胡同里吃炒饼或者面条。晚上，我坐在寂静和黑暗中，静心聆听他跟林虹的交谈。他喜欢喝啤酒，肚子不算滚圆，但从侧面也能找到明显的弧度，烟抽得很凶，差不多一天一包。我开始喝啤酒，并且故意疏于锻炼，让原本结实漂亮的腹肌一点儿点儿垮掉。我学着抽烟，感受钻入心肺的辛辣与刺激。

他们夫妻很少说话，回到家里，就是吃饭、看电视（大部分时候看手机）、睡觉，偶尔聊两句也是不疼不痒的鸡毛蒜皮。

比如：

“我明天出差。”

“哦。”

“你记得送孩子上学。”

“知道了。”

比如：

“你少喝点儿酒。”

“知道了。”

“脏衣服脱了不要往床上扔。”

“知道了。”

比如：

“在家别抽烟。”

“我在自己家还不能抽烟?！上班领导管，下班你还要管我？”

“抽烟去厨房，打开抽油烟机。你可以不为我着想，想想孩子。”

“孩子又没在家。事多。”

终于，不可避免地，我在一个周六晚上听到劲爆内容。

张嵩2号刚刚出差回来的晚上，小孩被送到父母家，只剩夫妻二人。我随他一起出差，在大巴上，我戴着口罩和帽子猫在最后一排。他跟对方谈生意，我就坐在邻桌。很快，我就摸透他的工作内容。他们公司是某化妆品省代，他负责开发加盟客户。他手里握着几个点的价格空间，因此加盟商对他热情又恭敬，希望从他那里讨到折扣。谈完工作，他往往会受到招待，通常都是吃饭、洗浴、唱歌一条龙服务。

回家那晚，张嵩 2 号带了一些试用装给林虹。

“这个精华不错，你用用。”

“哦。”

…………

“把这个戴上。”（窗帘紧闭，我只能想象。）

“干什么？”

“戴上。”

“狗才戴这玩意儿。”

“别惹我生气。我就说一遍。”

“你想玩花样,找别的女人去,我做不到。”

“纵容我找别的女人,你是不是找别的男人了?我不在家这几天,你没闲着吧?!”

“你神经病啊。”

“别以为我不知道,我一不在家,你就打扮得花枝招展,给谁看呢?”

“姓张的,我×你妈。”

啪,我听见一记声音清晰而响亮的耳光,就像是冲锋号角,随后响起一阵沉闷的声音以及林虹的叫喊,夹杂着张嵩2号的辱骂。具体内容过于污秽和锋利,我没勇气复述。

第二天一早,我看见林虹戴着大大的墨镜和口罩出门,衬衫袖口也不再卷到胳膊肘以上。

昨天晚上,张嵩2号家暴了林虹。

我跟踪林虹去医院,跟踪她回家。通过望远

镜，我看见她摘下口罩，去掉墨镜，眼圈一片紫红，嘴角敷着白纱布，应是缝了几针。我听见她打电话，一边说话，一边嘶嘶倒吸凉气：“经理，我家里出了点儿事，想请几天假……嗯嗯，我知道，马上就店庆了，我会在家出活动方案，不会耽误工作……好的，谢谢经理……”

打完电话，林虹坐在沙发上，看得出来，她浑身无力，像块抹布耷拉着。她用手摸摸眼角，站起来，离开画面。我听见流水的声音，听见菜刀撞击案板，听见液化气灶旋钮的咔嚓，听见水开始沸腾。

之后几天，张嵩 2 号对林虹的态度好了很多，仿佛为他的暴力赎罪。他主动去菜市场买菜，主动下厨，信誓旦旦保证戒烟戒酒。仅仅过了一个礼拜，发生短时间内第二次争吵，至于烟酒，从不离手。

“你买这条项链多少钱？”

“六千五。”

“六千五？你疯了？”

“之前你说我生日买，之后说结婚纪念日买，又说七夕买……好，我自己给自己买行了吧？”

“你一个月挣多少钱心里没数吗？明天就给老子退了，他妈的。”

“这是我的钱，与你无关。”

“现在说与我无关？好，看来你终于承认，你已经有别人了是吧，我真嫌你恶心。”

“你浑蛋。”

啪，一记耳光。

随之而来一顿暴揍。

我紧紧握住拳头。

事后，林虹跟上次一样去厨房做饭，菜刀在案板上当当当地跳舞。我替林虹感到不值，怒其不争，可怜又可恨，为什么还要给这种人渣做饭？

我从没有过这种生活体验，我每天睁开眼就是训练和杀人，训练是为了更好地杀人。我可以单手做一百个俯卧撑，也可以百米之外取人性命。我总是吃冷餐，面包搭配火腿，喝常温牛奶或矿泉水。一年四季，我从不在外面吃饭，也没叫过外卖。那样平常的烟火气息，对我来说却像另外一个世界。

是的，没错，这就是另外一个世界。

这里没有我的城市，没有我的经纪人。我试着打过他的电话，对方是一位初中生。一切都变了，就像同样一群演员主演两部迥然不同的电影，面孔还是那些面孔，身份和剧情却大相径庭。

我去过我的城市，街道也跟从前一样，甚至路边还能找到几栋熟悉的建筑，可是我能感觉到已经不是原先的肌理。

想要解开谜题,唯一的路径就是雇主。

联系方式失效,我只能赶往当时约定的地点。按照最初的设定,那里会有一辆车等着我,他们会把我载到一个地方,送我回家,就跟来时的情景一样,只不过捯带。我去到那里,没有找到任何线索。回来的路上,我靠窗,望着陌生的街道和人群一直在想:这是另外一个世界,跟我生活的地方有出入也有相似。这个世界,有另一个我,过着迥异的生活,他是个上班族,喜欢喝酒,打老婆。我也曾设想过那种平凡和普通,体验另外一种人生。可是我不能取而代之,我无法进入他的角色。眼下矛盾的地方在于,我渴望回到熟悉的轨道,又留恋这个世界的烟火。

我留了下来,同时不断寻找回去的路。

我跟雇主之间唯一的纽带就是他买凶的目标,也许从他身上能够查出一些线索。

按照合同约定，我砍掉他的脑袋，剥去脸皮，用打火机烤炙十指，再裹进收殓袋。抛尸是一件非常有学问的事情，根据目的的不同，可以演化出万千种方式，引人注目或者掩人耳目。根据雇主要求，他希望尸体永远藏匿，不被任何人发现。我把尸体埋进墓地。那是一座刚刚启用的坟墓，土地松软，挖掘起来非常便利，我把他的尸体跟墓主人安葬在一起。

我回到墓地，把他挖出来。前几天下了雪，又在阳光下化开，土地更加松软。地下温度很低，尸体只是轻微腐烂。我把尸体扔进后备厢，趁着夜色，运进房间。第二天，我买了一只冰柜，把尸体装进里面。

他叫苏海洋，是一位房地产商。

我把他的名字输入搜索栏，关于他的新闻不少，还有许多长文扒他的过去。小混混出身，胆大、手狠，赶上城中村开发，捞了一笔，后来从事房地产生意，几年时间，从一穷二白的街溜子成为数一数二的企业家。其中一条视频吸引了我的注意——一群业主穿着白地黑字的T恤维权，衣服上写着“海洋房产，黑心黑肺，殴打业主，无法无天”。查看发布时间，应是我杀死他不久。看来，我也算为民除害。视频里房产商负责人对愤怒的人群喊话：“你们的诉求我都知道了，请大家维权不要违法，合理接洽，我们一定会配合大家解决这些历史遗留问题。”

讲话的不是别人，而是被我杀死的、此刻正长眠于冰柜的苏海洋。

☲

第一具尸体于一个月前被一位拾荒者发现，地点位于城市广场公园。

公园设有铁艺长椅，夏天常有乞者留宿。公园管理部门不止一次组织人手驱逐，上面说他们影响市容市貌。拾荒者比稽查人员更有耐心，后者总不能每时每刻盯守。一天夜里，那位拾荒者来到经常睡觉的座椅，见上面躺着一个人，盖了几张报纸，他以为是同行。各行各业都有规矩，拾荒者也会划分势力范围。他上前轰赶，见那人不予理会,便去拉对方耷拉下来的手,触感冰凉。他掀开报纸,发现那人浑身赤裸,脸朝下趴着,胸口却向上。惊慌之下,他掀报纸的手不经意碰到死者头颅,使之滚落地下。拾荒者再也忍不住大喊起来:“那张脸没皮!”

“身首异处啊。”王越说,“脑袋被割下来,伤口整齐,应是一刀毙命,凶手非常专业。脸皮被扒下来,十指指肚被火烤过,无法采集指纹。凶手既想隐瞒死者身份,又要选择城市广场公园这种公共场所抛尸——他想做什么?林队,这是对我们江祜刑警大队的挑衅啊!”

“你有这工夫瞎想,不如去给发现尸体的老人录口供。”

“这怎么能叫瞎想,这是揣测。”

“所以,口供录了吗?”

“跟你混这么久,这点儿眼力见儿我还是具

备的。”王越邀功似的说，“老人居无定所，最近两年经常在这一带活动，白天在公园捡市民丢弃的矿泉水瓶之类，晚上就在长椅过夜。我问过公园管理人员，他们对老人有印象，赶了好几次，都不能根治。照我看，他嫌疑不小。而且，他没有不在场证明。他说昨天晚上过来的时候，死者已经躺在这里，在此之前，他一直躲在公厕。”

“不是他。”林迈毫不留情地否定了王越的观点，“你注意到他的手没有？一直发抖。如果刚刚发现尸体，还可以解释成惊吓过度，现在已经过去几个小时，抖动并没有好转，我推测很可能是某种疾病导致的症状。这样的手也许能握刀杀人，可是砍不出如此整齐的伤口。把他叫过来，我问他几句话。”

林迈打量蓬头垢面的老人，他挂着一件看不出颜色的背心，穿一条未及膝盖的短裤，腰间系一根塑料绳。凑近了，林迈才发现他其实算不得老人，只是穿着打扮模糊了真实年龄。他的五官还算精致，也许梳洗化妆一番不输当红的“小鲜肉”。或是因为生病吧，被家人抛弃，或者离家出走。总之，命运因此改变。

“我是这起案件的负责人，有几个问题想跟你确定一下。”

男人目光躲闪，不敢与林迈对视。

“你家在哪里？”

男人摇摇头。

“为什么来这里？”

男人再次晃晃脑袋。

林迈把手放进裤兜，男人吓了一跳，向后退两步。林迈掏出钱包，抽出纸币，递给男人。如今哪里都能手机支付，带钱包的人不多，即使带了也不会装太多现金，就跟戒指、手表一样，钱包更多地起到一种装饰功能。男人却不敢接,好像这不是钱,而是一堆锋利的刀片。

“买点儿吃的。”林迈注意到他手拎着的塑料袋,里面多是残缺不全的馒头。林迈向前两步,把钱掖进塑料袋。

“又散钱呢?”王越看见林迈的善举,“你也接济接济兄弟,赞助我点儿买房款。说实话,你这么做对他帮助不大。一个大男人,但凡有点儿自尊心和责任感,随便找个工作不能养活自己?非要捡破烂儿?”

“帮一点儿算一点儿。”林迈看着男人,“我们不知道他经历了什么,不要妄下结论。过去吧,方警官来了。”林迈远远看见方灵从警车下来,一路小跑,跟她讲述案情。

差不多半个小时,方灵得出结论:“死者不是最近遇难。”

“依你的经验，他大概死了多久？”林迈问道。

“具体时间还需要全面检测，我预估至少超过半年。”

“怎么可能？”王越说，“你说这里不是第一现场我能接受，说死者半年前就被人杀死，拖到今天抛尸，打死我都不信。没有搞错吧？”

“可能搞错了，时间也许更久。”方灵指着死者鲜血淋漓的脖子，“你们看这里，凶手应该是把死者脑袋砍下来，和身体一起冷冻，伤口才会呈现这种血痕。但凡你们有点儿生活经验，多逛几次超市，就能分辨出新鲜猪肉和经过长时间冷冻后化开的猪肉的区别。”

断头、扒皮、销毁指纹、抛尸公园，再加上作案时间之久，让这起谋杀案从林迈经手的凶案中脱颖而出。事实上，明城治安还算不错，一年到头鲜有命案。

很快,第二起命案接踵而至。

冲到最前线的一般是派出所民警。接警之后,110 指挥中心会派警,确定是刑事案件中队会过去,先期着手调查,如果不确定派巡警或治安民警过去,发现是杀人案他们就会通知刑警。视案情严重程度由大队或支队牵头,民警多是保护现场,与分局的刑警大队联系,起串联作用。冀渊是江祜区一名中队长,报警人提到尸体,所以他率先到达现场,正是他打电话通知的林迈。

林迈接到冀渊的电话,被再三告知做好心理准备。林迈不以为意——这些年他每天跟穷凶极恶之人打交道,什么场面没见过,但看到尸体还是忍不住恶心:案发地点位于江祜区建设路和裕华大街交口一家快捷酒店,死者趴在床上,脑袋不翼而飞,原本洁白的床单和被罩全被鲜血浸透。林迈赶到之时,血液尚未凝固,顺着床单滴落到地毯上。四肢未见明显损伤、约束伤和抵抗伤，应是一刀毙命，十指指纹被烧毁。林迈不觉得多么骇人，甚至以为冀渊小题大做，直到同事把他引到卫生间：打开马桶盖，死者的脑袋泡在马桶中，脸皮被剥掉。

林迈这才明白，做心理准备不是说现场多么骇人，而是他们遇见连环杀手。两次凶杀的作案手法一致。

“查明死者身份了吗？”林迈忍受着恶臭，没用手背掩鼻，全凭单薄的一次性口罩武装自己。

“没有。”冀渊摸着肚子说。如果说陈斌只是人到中年发福，冀渊则是名副其实的肥胖，林迈第一次见他，把他跟香港影星郑则仕扮演的探长联系在一起，怀疑他怎么考进警局，以为他有些见不得人的门路。接触下来发现，冀渊除了身材不标准，其他技能一点儿不比其他中队长逊色，而且为人和善，常常在其他警员用吼叫的方式榨取犯罪信息之时，他已经和颜悦色地套出对方深藏的秘密。

“前台没有登记住户信息吗？”

“登记了，”冀渊说，“但是系统被黑，一个月之内的房客资料全都丢失，包括监控画面。我们问询办理入住的工作人员，她回忆说，死者戴着帽子和口罩，名字里好像有个‘高’字。”

房间内任何与死者有关的东西都被清理干净，凶手想要掩盖受害人身份；砍头的伤口平整，应是一步到位；黑掉酒店登记系统，抹除死者相关身份信息……可见凶手有超强的身体素质和过硬的计算机水平。一般人可不具备这样“超强”和“过硬”的条件，要么是职业杀手，要么是团伙作案。

接连两个案子，就像两记勾拳，左右开弓。市局立刻着手成立“6·19特大分尸案”专案组，由支队负责，把林迈吸收进来。

两位受害者的死法如出一辙，问题出在第一具尸体的死亡时间。凶手到底出于什么目的，把藏匿半年多的尸体公之于众，又迅速作案？林迈担心后面还有人遇难，一颗心始终悬着，又有一丝期待，新的案情总能带来新的线索。历史上叫得出名的连环杀人案，受害者都接近两位数。

林迈集中精力查案，一个月过去，还没有查到死者身份，就被陈斌抽调到苏海洋的案子。他对所有死者一视同仁，可是领导有轻重缓急之分，不能按照先来后到的顺序对待。林迈和王越去往医院的途中，接到冀渊发来的信息，技侦支队查到死者身份，两个棘手的案子同时有了转机。

林迈见到宋琪的主治医生之前，遇到一个熟人——神经网络专家于北冥教授。之前的“裂脑人"案，就是他提供专业支持。说是熟人，其实不算熟稔，两人认识时间不长，只是于北冥热情好客，林迈受到感染，便觉得跟他交情不浅。

"林警官。"于北冥大声跟林迈打招呼。

"于医生。"

"好久不见，来医院有事？"于北冥握住林迈的右手，还把左手贴上去轻拍两下，就像喝酒时被他人倒酒，弯曲两指在酒桌上叩击，以示尊重，"去我办公室坐坐？"

"有受害人住院，过来问一些问题。"林迈没空跟于北冥多聊，简单说了几句便告辞，"有机会登门拜访。"

"那你先忙，有事找我。"于北冥目送林迈离去。于北冥是本格推理爱好者，也是明城推理协会会长，他几次邀请林迈加入，都被后者以组织和规定这种不可抗力拒绝。林迈知道，于北冥渴望亲近的不是他的身份，而是他经手的案件。

病房有人正在探视。林迈觉得他眼熟，想了想，记起他是海洋地产的行政经理宋玉。

“你怎么在这里？”林迈问道。

“我们公司的员工受到伤害，作为领导，我当然应该过来关心一下。”宋玉站起来说，“我们公司可是非常具有凝聚力的大家庭，每位员工都是我们的家人。”

林迈却不以为然，不遑多想，宋玉与其说是问候，不如说是警告，责令宋琪不要发表对公司形象不利的言论。

“请你出去，她现在是受害人，不能随便会见。”林迈挡在宋玉和宋琪之间。

“你知道她是受害人啊，那还不去抓凶手？案发一个多礼拜，你们警察做了什么？”宋玉突然喊道，情绪激动，“我会一直盯着你们，最好不要让纳税人失望。”

“这里是医院，吵架去外面。”医生叫停他们的争执。

宋玉转身离开。

王越有些气不过，想要上去理论，被林迈拽住。

宋琪头发被剃光，脑袋上扣着一个白色网兜固定包扎纱布。病房开着空调，有些清凉。医生告诉林迈病人情况不稳定，严重脑震荡，需要休息，让他过两天再来。林迈可没有等“两天”的耐心，直接绕过医生跟宋琪说：“我是这起案件的负责人。你那天见到凶手了吧，是否认识？”

“一个，两个，三个……”宋琪双目无神，不断重复。

宋琪盖着两床被子，仍然叫冷，能看出她的身体颤抖不已。

“医生，她是不是刚做完手术，意识不够清醒？”林迈向医生求证。

“跟手术关系不大，主要是受到惊吓。”医生没好气说道，“都说让你过两天了。”

林迈不放弃，蹲在宋琪面前，继续问道：“你看见他了吧，告诉我，你认识他吗？”

“一个，两个，三个……”宋琪跟刚才一样喃喃自语，猛地抽起被子，蒙住身子，不住颤抖。

“请你们出去！”医生把林迈等人赶出病房。

林迈和王越站在走廊叹气，最重要的目击者醒了，却无法提供帮助，没什么比这更残酷的打击；给予希望，又重重踩碎，就像王越说的，买了房子，又被违约。

“你买房还差多少钱？”林迈想到这里，随口问道。

“看在哪儿买了。我女朋友老破小不住，位置太差也不行，起码得有地铁口吧，差不多的单价都得小两万，小两室首付都得四五十个。”

“那差多少？”

“差三四十个。”

“合着你就十几万存款？”

“十几万不少了，就咱们那点儿死工资，你又不是不知道。”

“家里呢？能出多少？”

“我不想跟他们张口，我又不是刚毕业的大学生。”王越提到房子，情绪失去色彩，踢踏着水泥地，挠挠头皮。他常年保持六毫米的圆寸，性格冲动，有点儿愣头青。

消毒水的味道有些刺鼻，林迈兀自走到窗口，从口袋摸出烟盒、打火机，点燃一根，深深地灌了一口，感受烟雾在体内的流动和升腾，再缓缓从鼻腔送出。“一个，两个，三个……”林迈不断回想着宋琪的话，联系到现场惊人的破坏，突然明白，行凶者并非一人，而是三个。苏海洋和宋琪在样板间快活的时候，三名歹徒悄悄溜入房间，其中一个用红酒瓶敲击宋琪的脑袋，另外两个则跟赤身裸体的苏海洋纠缠、扭打，从卧室到客厅，封住苏海洋的逃跑路线，将他逼到吧台和酒柜的狭窄角落，撞碎一柜红酒，一阵拳打脚踢，拖曳到床上扼毙，之后把宋琪也扔到床上……

三个人，怎么可能来无影去无踪，不留一点儿痕迹？

“喂，这里不能抽烟。”有经过的护士警告林迈。

他连忙道歉，把烟掐灭。

林迈走回宋琪的病房门口，看见王越正在跟两个守卫交谈，嘱咐他们盯好宋琪，一旦病人精神好转，立马与他联系，并且禁止探视。

“林队，”王越把林迈拉到一旁，“这俩哥们儿看上去有些懈怠，我留下来吧，如果凶手知道宋琪没死，很可能灭口。我留下来保险一点儿。”

“嗯。”林迈没有多想，让王越安排。

林迈离开医院，驱车来到一家川菜饭店包间，与冀渊会面，沟通另外一个案子的进展。未来这段日子，他都不准备回家。案子对他来说就像孩子，从“出生”（案发）到“成年”（结案），都有操不完的心。

冀渊让林迈别说话，先吃饭。他狼吞虎咽，很快扫光一盆水煮肉和半只烤鸭以及三碗米饭。“终于吃到点儿正经东西。”冀渊用手背抹了抹嘴，突然定格，睁大眼睛，喷出一个响亮的饱嗝，端起果汁，咕嘟咕嘟，牛饮半瓶，“你猜怎么着？”

“别卖关子了。”林迈可没心情跟他打谜语，“有话快说。”

恰在此时，扫荡一桌酒菜的冀渊运化出一股浊气，承接了林迈的后半句俗语。

“不好意思啊。”冀渊笑笑说，并没有不好意思的意思，“我们走访了酒店其他住客，死者房间隔壁有两位大学生，他们来明城参加写作培训班，租住一周。其中一个学生晚上奋笔疾书，他说听见了死者房间的动静。”

“行凶的过程？”林迈立刻紧张起来。

“叫床的声音。”冀渊又是一笑，“你也知道，那种档次的酒店隔音都不好，听得清楚。他还给我们提供了几张从门缝塞进来的小卡片，就是那种色情服务的推销广告。专案组通知辖区派出所，让他们敲掉一个卖淫团伙。”

“你不是说查到死者身份了吗？”林迈提醒冀渊不要跑题。

“是啊，你听我往下说，”冀渊自以为在循序渐进,“死者生前招过妓，我们找到那个应召女郎,你猜怎么着？”

“这顿饭你请客啊。”

“别,”冀渊忙说,“那个女孩说,死者加了她的微信,还想着下次出差直接约出来,做个长久夫妻,可惜是一次性的。技侦支队运用技术手段,监控了她的手机。”凶手做得天衣无缝、滴水不漏,却没有计算到死者生前的招妓行为,千里之堤溃于蚁穴。死者的朋友圈设置开放半年的期限，不过已经有足够的信息锁定他生活的城市、工作的单位,还不说通过科技信息通信处调取的个人档案。

死者叫张嵩,姓名里的“高”字也有了出处。根据卖淫女供述,张嵩不是明城本地人,来这里出差,夜深人静,排解寂寞,加微信方便以后联络。她还说他那天喝多了,身上的味道很难闻,总想把舌头伸进她的嘴里。

“我登录那个应召女郎的微信，给你看下死者的朋友圈。”冀渊把手机交给林迈。

“是这个人吧？”林迈点开其中一张跟短发女人的合照，指给冀渊。

“对。咦，我之前怎么没看到这张照片？”冀渊一边用餐巾纸蹭着油嘴，一边惊讶道。

“你当然看不到，”林迈说，“这是他一个小时前更新的朋友圈！”

04

这半年，我学会抽烟，呛出大把眼泪，逐渐成瘾，每天早起必须点一根，唤醒身体。

这半年，我痛饮啤酒，囤出肚腩。

这半年，我几乎每周都要吃一顿排骨，红烧、糖醋、炖煮，这是张嵩 2 号最喜欢的食物。

这半年，我尝试吃辣。张嵩 2 号是个变态，可以生吃二荆条。我的饮食常年清淡，连一口生蒜都没吃过。

这半年，我学会踢足球。杀手没有假期，不出工的时候，我就训练，不训练的时候，我就冥想。足球对我来说是个挑战，还好我观摩过张嵩2号的比赛，并没有过人的技术可言，整场比赛过人成功率不超过10%。

这半年，我按照他的生活生活，习惯、言谈、体形都在向他看齐。

这半年，他一共打了林虹三次，平均每两个月一次。他穿着AG钉（人造草坪专用钉）的足球鞋踢林虹小腹，仿佛她是一只皮球，而他在练习射术。林虹反抗过，求饶过，离家出走过。再这样下去，林虹会被他打死。

“我们离婚吧。”

“离婚？你良心让狗吃了？”

“我会找律师起草协议。”

“好啊，你是不是想离开我去找别的臭男人？他到底哪儿比我好？比我有钱，还是比我更能伺候好你？”

“根本没有你说的那个人。”

“你以为我会相信你吗？我会放过你吗？”

啪。

“我警告你不要再打我，否则我——”

“否则什么？你现在是我老婆，我想怎么打就怎么打。”

啪。

“你为这个家付出过什么？我们结婚这么久，你打扫过一次卫生吗？”

“老子挣钱养家还不够吗？”

“是，你挣钱比我多，你每个月喝酒抽烟开销多少你算过吗？”

啪。

道理讲不过，就用拳头解决。

那次家暴之后，张嵩2号去明城出差，家里

只剩林虹母子。林虹总是在儿子面前表现得坚强又乐观，我在耳机中听到他们的对话。

“妈妈你受伤了。”

“妈妈不小心摔了一跤。”

“是不是爸爸打你？我都听见了。你们以为我睡着了，其实我只是闭上眼睛。妈妈，我们搬走吧，搬到姥爷家，爸爸就不敢打你了。”

通过望远镜，我看见林虹抱住孩子。

“妈妈没事，爸爸跟妈妈闹着玩呢，你别瞎想，好好念书。”

“楼上的奶奶都知道爸爸打你，别骗我了，我都上四年级了，已经不是小孩。等我再长大两岁，就能保护你。”

就是那一刻，我第一次产生杀死张嵩 2 号的想法。平心而论，是这一刻吗？我一直在照抄他的生活，不就是为了取而代之吗？别躲避了，我就是眼馋这种平静的生活。我从未想过,这辈子还有可能拥有妻子和儿女。我会孤独终老,陪伴我的只有枪支弹药。我的死亡只对我的顾客有影响——或许等到那个时候，我已经老得端不动枪,不会有生意上门——所有人都不会注意到一个名为张嵩的杀手黯然离世。这是我一直以来板上钉钉的命运。然而现在,我有了与命运抗争的筹码,理想的生活方式唾手可得。我会比他做得更好,我会慢慢戒烟、戒酒、健康饮食、提升球技,最重要的是,我不会伤害林虹。一旦有了这个想法,我就变得急不可耐、欲罢不能,它刺激我的神经,怂恿我动手。

我又点了一根烟,啤酒倒满。

思绪仿佛缭绕的烟雾，不断上升、盘旋、缠绕。我感到自己正在充气,心肺濒临爆炸边缘。我躺在沙发上,一把刚刚擦完油的手枪躺在我的肚子上。我回家即戴起耳机，睡觉也不曾摘下。夜已经深了，耳机中突然发出声响。我立刻坐起来，手枪滑落，与地面撞出刺耳的尖叫。我静心偷听对面的动静。

是音乐，一首流行歌曲。

我来到后窗，望向她家客厅。她没有拉窗帘，也没有开灯，借着月光，我勉强能够捕捉到一个模糊的黑影。她在黑暗中翩跹起舞。舞姿谈不上妩媚和好看，却让我心碎。

歌声唱道：

三餐一宿，也共一双，
到底会是谁，
但凡未得到，
但凡是过去，
总是最登对。

…………

前世故人，忘忧的你，

可曾记得起，

欢喜伤悲，生老病死，

说不上传奇。

我并没有听过这首歌，也许在我的世界，根本没有这位歌手。歌词给了我提示，“前世故人，忘忧的你，可曾记得起”，有没有可能，我现在看到的就是我的前世，或者来生？如此解释更容易让从小听惯轮回的人们接受。这么说，我已经死了？不，不可能，我从未失手，只有那一次。

那一次的任务是杀一个女人。

作为杀手，我有自己的标准和原则：从不杀小孩和女人。经纪人知道我的规矩，他会帮我过滤相悖的单子。但那次是个意外。女人穿着运动衣，从路的尽头跑入我的镜头，瞄准镜里面，她看上去青春靓丽，人畜无害。我不知道，她到底做了什么，必须置之死地。我始终无法扣下扳机。接单之前，我大可以拒绝，现在我已经失去选择的权利。杀人，我是专业的。

我眼睁睁目送她跑出射程。可她并没有活下来，另外一个杀手吃掉我赔偿的违约金，接替我结果她的性命。

没有人可以威胁我的生命，除了我自己。我好端端地活着，不存在什么轮回和转世。还是那句话，唯一能解开谜题的只有雇用我杀死苏海洋的顾主。是啊，苏海洋。

他已经死了，他还活着。

找到苏海洋的行踪非常容易，作为明城知名人物，他经常出席各种活动。我坐火车回到明城，偷偷潜伏在他身边，伺机而动。苏海洋看上去跟躺在我冰柜里的尸体没什么不同，然而他衣着光鲜，神采飞扬，又是发表讲话，又是担任颁奖嘉宾。我混进活动结束后的冷餐会。这里的食物倒是符合我的胃口。黑啤口感醇厚，我贪了两杯。我已经被张嵩2号的坏习惯带偏，想我以往从未被口腹之欲挟制。

苏海洋勾搭上一位服务员，我看见他把手伸进女孩短裙内，在她的黑色丝袜上来回抚弄。苏海洋跟女孩耳语几句，离开会场。没一会儿，女孩跟上去，一路小跑来到停车场。远远地，我看见女孩钻进一辆卡宴，之后，那辆车开始"跳舞"。

我戴上口罩，走到车前，猛地拉开车门。这种情况，当事人都会大吃一惊，往往可以事半功倍地得到想要的信息。女人抱着衣服出去，我则坐在里面，拿枪压住他的大腿内侧。

"别乱动，走火了我可不负责。"我好心提醒他。

“兄弟，有话好说，要多少钱，你开个价。”

“我问，你答。”他一定是把我当买凶的杀手，事实上，我们俩曾经的确存在这种关系，而我已经杀掉一个苏海洋。“你到底是谁？”

他愣了一下：“兄弟你是不是找错人了？”

“苏海洋。”我叫出他的名字，同时打开保险，把刚才的问题重复一遍，“你到底是谁？”

“兄弟，我是苏海洋没错。”

“为什么会有两个你？”

“啊？”他大惊失色，远比用枪口对准他的命根子更让他慌乱，以至于他讲话都有些不合逻辑。“你到底是谁？”他把问题原封不动地抛还给我，“你怎么知道我不是这个世界的苏海洋？哦，我知道了，是他们派你来的，像除掉上一个苏海洋似的除掉我。我就知道会有这一天。你听我说，他们给你多少钱，我都给双倍，不，三倍。”

“与钱无关。”

“你是那个杀手！”他像是突然想起什么。

“我问，你答。”我对他目前的表现并不满意，“什么是‘这个世界’？”

“我说，我说。”苏海洋一股脑儿交代道，“具体怎么操作我也不明白，什么维度、物质状态之类，自始至终，我都是听从他们安排。我只知道他们搞了一个研究项目，叫作‘液体’。我本来是一位货车司机，他们找到我，让我体验另一种生活，给予丰厚报酬。我以为他们说的体验，就是换一种职业，没想到是换一个世界。他们让我观看视频，模仿视频里人物的动作和语言，说那个人就是我。”

我迅速整理思路，假设有两个世界（目前来看，假设成立的可能性很大），我跟眼前这个裸体苏海洋都来自世界A，我们目前所在的位置是世界B，我被“他们”从世界A邀约来世界B除掉这里的苏海洋，跟我来自同一世界的苏海洋便走马上任。问题来了，“他们”是谁？这无疑是一个隐秘而财力雄厚的组织。他们的目的是什么？

我不知道，都是他们单线联络我。但我知道，他们肯定还会再来。

苏海洋非常紧张，有些语无伦次：“他们说……他们说过如果我做得不好，上一个我就是前车之鉴。他们说，上一个苏海洋为非作歹，我呢，我应该成为一个宅心仁厚的苏海洋，可我没有忍住诱惑。我辜负了他们的期待，他们一定会来杀我。他们还不知道你在这里。你杀死那个苏海洋，没有跟他们碰头，他们以为你出了意外。我们可以强强联手，我有钱，我可以给你钱，你来保护我。他们一定会来。一定。说不定，他们已经来了。你还想知道什么，我知无不言。”

“我会盯着你。”我撂下一句狠话，下车离开。

张嵩2号刚好在明城出差，我顺路过去盯了他一宿。他在一家快捷酒店住下，并无异样。

第二天一早，我赶回家里，找出纸笔，在中间画上一条竖线，左右两边是两个世界，我在左边写下我和苏海洋的名字，右边也一样。

真伤脑筋，我只是一个杀手，不是物理学家。

刚好周末，林虹送孩子去兴趣班。她没有全程盯着，把孩子送到培训机构就离开了。她化了妆，遮住脸上没有完全消退的瘀青，穿一条碎花裙子，心情看上去很好。我一路跟随。难道张嵩2号没有污蔑和冤枉林虹，她果真有外遇？我突然感到心痛。这跟我有什么关系？换句话说，我是她什么人？我只是一个偷窥者。

不，跟我有关系，而且关系重大。我发现我已经爱上她了！

作为张嵩2号的“同款”，我们拥有一样的审美。

林虹来到一家综合体，在一楼的黄金首饰柜台退了那条引起祸端的项链。她刚走，我立马跟近。

“对不起，刚才退项链的是我妻子。我们吵架了，她心情不好。项链我们还要，请你为我包起来。”

“怎么回事？你们吵架不要连累我们啊。”

“对不起，我保证下不为例。我不要发票好吗，这样想退也退不了。”

“不是发票不发票的事。”

“我妻子”三个字就这么从嘴中滑出，我有一些窃喜，好像偷吃糖果成功的小孩那般扬扬得意。我从没妄想过爱情和婚姻，我觉得那是一种世俗的、多余的累赘，然而现在，我无比渴望那甜蜜的负担。我没有过多徜徉在幻想之中，把项链包装好，继续跟踪林虹。

林虹来到一家综合市场，里面人满为患。我

看见她选了几样时令菜蔬，又去切了三根排骨，还买了一口炒瓢，最后转到一间种子站。我在不远处，看见她拎着一瓶敌敌畏出来。

难道她要自杀？

我的心立刻被什么提拎起来，自我记事起，从未有过如此紧张的感觉，就算有人用枪抵住我的脑门儿，我的心跳也不会剧烈到如此程度。那时我恍然意识到，我对她的感情已经深不可测，远远超出我的想象。

中午，林虹接了小孩，两人去肯德基点了汉堡套餐。我不是很饿，坐在他们斜后方，左右手各擎着一只甜筒舔食。吃完饭，他们打车回家。

我不敢休息，聚精会神听着窃听器里传来的点滴。直到晚上，他们回到各自卧室，陷入睡眠，我才能喘口气。我坐在沙发上睡着，这对我来说并不是什么难事，过去几年，平躺的姿势与我绝缘，那是留给死亡的见面礼，只要我活着，就不会躺卧。即使睡着，我也戴着耳机。不知过了多久，耳朵里传来一阵脚步声，接着响起锅碗瓢盆协奏曲。

不好！

我摘下耳机，冲到楼下，轻手轻脚地爬到林虹家门口，没有惊动一盏声控灯。我不知道应该立刻破门而入，还是安静等待。我想，就算她要死，也不会把尸体留在房间，让儿子起床后第一时间看见她与世长辞。我选择等待。

我看了看手机，当时是凌晨三点，差不多一个小时左右，门开了。我躲在上面一层的楼道。等她下楼，我再尾随不迟。林虹一手提着塑料袋，一手攥着铁锅。她走得很慢，不时停下来查看。我跟在她身后，像一截尾巴。

她没出小区，在健身广场附近蹲下来，把袋

子里的东西倒在空地上。很快，就有两只流浪狗循着肉香跑来。我这才看清，地上散落一堆排骨。啊！我大吃一惊，林虹根本不是自杀，而是向流浪狗投毒。我怎么也没想到，她竟然有这样残暴的一面。也许当你喜欢一个人，你就会理所当然地认为她善良又温柔。事实上，我对林虹并不了解。过去半年，我跟踪的对象主要是张嵩2号。眼看那两只狗就要下嘴，林虹突然上前，用脚把它们踢开。不明就里的狗子们依依不舍地告别香喷喷的排骨。林虹终究没有下去狠手，把排骨拾进塑料袋，连同那口新买的铁锅一起扔进垃圾箱。走出去不远，她又折回来，捡出排骨，并用砖头把铁锅砸坏。

我明白了，她不是要自杀，也非谋害流浪狗，她的目标是张嵩2号。也许每次张嵩2号打完她，她去厨房做饭的时候就开始在脑海构思这出谋杀亲夫的戏码。

杀一个人难吗？

其实很简单，白刀子进去红刀子出来，只要有心，砖头、烟灰缸、枕头、腰带，什么都可以成为凶器。

杀一个人难吗？

其实不简单，动手也许容易，困难的是下定杀人的决心。很多人只是动动这个念头，就会感到头晕、恶心。没有多少人真正享受嗜血的快感，生活在同一个屋檐下的两夫妻，除非迫不得已，谁愿意倒戈相向？

我不能让她成为凶手，就算警察判定是意外，林虹也会终生背负杀人者的心理罪。

通过监听，我知道张嵩2号还有三天才能回来，在此之前，我必须付诸行动，替她杀了那个负心汉。恰好，杀人我很在行。

☳

翌日清晨，林迈被手机铃声叫醒，他像往常一样伸手去够，结果没坐稳，脑袋戳在方向盘上——昨晚太困了，他索性把车趴到路边眯一会儿，结果坠入深沉的睡眠。天亮了。他一边揉太阳穴，一边接听电话，来电显示是方灵。他瞬间清醒，正襟危坐。方灵通知他去一趟明城公安大学，林迈正是从那里毕业。刑警支队虽然可以做鉴识，但过于复杂和精细的鉴识，市局也无能为力，只好求助刑警学院、公安大学或者一些科研单位。在母校，林迈看见粘合完整的红酒瓶以及仍然没有分析出属性的粉色晶体。

“经检验，瓶身血迹的确属于宋琪，”方灵看着证物说，“但瓶子本身有问题。”

“瓶子有什么问题？”林迈不明白。

“你过来看。”方灵让人把现场所有瓶子都收回来复原，摆成一排，“注意观察裂纹。”除了沾血的瓶子，其他瓶身的裂纹走向非常接近，只有几道较长的崩坏。“酒架没有倾倒，大部分碎裂的酒瓶仍在上面。我记得你说过，进入案发现场时非常冷，但空调并没有投入使用。这才是本案最大的疑点——样板间的温度比正常室温低太多，那些酒瓶不是因为打斗撞掉，而是冻裂。再结合宋琪脑部伤口，我怀疑嫌犯击打宋琪的酒瓶也是冻实的。”

“怎么可能？”林迈哑然失笑，就算是寒冬腊月，把空调温度调到最低，也不可能让红酒上冻，遑论冻裂，房间不可能达到那样的低温。

“尸体和证物不会说谎。”方灵没有过分解释。

“瓶口有没有发现凶手的指纹？”通过拼凑，他们把沾血的碎片“还原”成完整的瓶身，包括瓶口。其实林迈不抱多大希望，凶手行事如此缜密，一定戴着手套，整个现场都没有发现的指纹，不可能逗留在红酒瓶上。

“采集到几枚指纹，已经转交市局比对。”方灵淡淡说道，“这个案子比想象中更复杂和棘手，你要注意安全。”

林迈遇见过各种各样的罪犯，大部分是普通人，比如商人、白领、学生，也有穷凶极恶的歹徒和心思缜密的杀手，但都是跟人的较量，现在却有种与天斗的茫然无助。

“谢谢你。”林迈很自然地来了一句。

“这是我的工作。”方灵也很自然地没有领情。

林迈突然想起他们那次虚假的约会,不知道还有没有机会“弄假成真”。

他回到车里,一时思绪全无,根本不知道从哪里入手。一股无明火煎烤着他,他右手握拳,使劲儿捶在方向盘上,引来路人侧目。没一会儿,一辆摩托车停在旁边,下来一位交警,敲击车窗。林迈没有摇下玻璃,把证件贴上去,交警识趣地敬了个礼,驾车离开。这算不算是滥用职权?林迈无暇求证,他现在只想打人,想要放空,否则他会原地爆炸。

回到队里,总算有了一些可喜的进展,伙计们找到那辆红色卡宴。苏海洋之前的座驾就是卡宴,这一辆是送给宋琪的生日礼物。同事告诉他,他们在二环路和红旗大街交口的加油站发现目标卡宴。加油站设有全自动洗车店,不远处搭着一个遮阳棚，车主可以把清洗完毕的车停在那里,用毛巾擦干车身,还有吸尘器,供车主自助进行车内清洁。苏海洋那辆车就停在棚内。据加油站工作人员称,车子已经泊了几天,起初他们以为是顾客故意停在那里，后来一直没人来开,只好报警。

林迈立刻招呼几位队员去加油站,点到王越的名字,才发现他还在医院保护宋琪。

来到加油站,已经有附近警亭的民警看护现场。

是这辆车没错。

加油员告诉林迈,这辆车最近常常在这里加油,差不多每两天就要加一次。红色卡宴本身就引人注目,加上三天两头来一次,所以他记得很清楚。

林迈去加油站查看监控，确定了大概的时间段，便开始目不转睛地盯着屏幕，一帧帧查看。眼睛很快干涩，林迈用手背揉揉。如果王越在这里，他肯定会找一瓶滴眼液。王越就是有这种神奇的本领，总能洞察林迈的需求，并想方设法满足。事发当天下午三时许，目标车辆驶入加油站，没有加油，绕了一圈，驶出画外，停在车棚内。

“倒回来。”林迈吩咐加油站的员工，“停。放大。”

监控拍到驾驶者，随着画面不断变大，清晰度也随之模糊，但林迈仍然一眼就辨认出来，司机正是苏海洋！

林迈向后瘫坐在椅子上，两个苏海洋的戏谑假设，有了坚实的证据。

林迈回到车里，脑袋里有两个苏海洋围绕他公转。他感到头痛欲裂，做了几个深呼吸，掏出手机给王越打电话，问他宋琪的情况，却没人接听。过了一会儿，林迈又播出一通呼叫，仍未得到回应。他立刻开车去医院，把警铃扣在车顶，一路风驰电掣。压抑的情绪在高速行驶中得到一丝舒解，算是歪打正着。

触摸把手的那一刻，林迈的感觉是烫，手臂像受惊的蛇一样缩回，花了一些时间，他才整理出准确的感受，凉，痛彻心扉的凉，像刀一样锋利，能割伤人的凉。林迈把上衣脱下来，胡乱在右手缠绕几圈，用力攥住把手向下压，纹丝不动。他尝试一番，终于泄气，跟警长打电话，让他带人来医院。警长带来破门器，两个人轮番撞击，房门仍然坚固，最后打119，调来一辆消防车。宋琪病房在十楼，国内消防车云梯一般可以覆盖到十七楼，林迈跟一位消防员一起站在救生篮里缓缓上升，很快与十楼平行，消防员用撬杠打开窗户，随林迈一起进入。

病房像是冷库，门口被厚实的冰块覆盖。

王越躺在地上，右手握着手枪，胳膊朝向门口，宋琪则坐卧在床上，最大限度地撑开双眼，破窗而入的林迈，刚好沐浴在宋琪恐怖的目光中。她看见了什么？宋琪一动不动，惊恐着。林迈只知道她被吓死了。从业这么多年，见过各种各样五花八门的死法，还是第一次遇见吓死。他一度以为，这只存在于传说和影视剧中。

“别动。”林迈伸手拦住向后退的消防员，从他的脚下抢救出一枚弹壳，抬头看见墙上有明显的弹痕。这是身为刑警最基本的素养，不能破坏案发现场。他慢慢靠近，蹲低，用指背试探王越的气息，感受不到一丝热气。林迈再也按捺不住心中怒火，从消防员手中夺过一把腰斧，用力砍向门口的冰层，晶莹的冰粒四射，刺在他的脸、脖子、两臂上。林迈浑然不觉，劈开病房冰封的门。

伙计们拥进来，勘查现场，他像个局外人，看着大家忙碌，又仿佛是清醒的梦境。林迈不知道谁给他披上一件外套，也不知道谁把他带到走廊的座位上往他手里塞了一杯热茶。他感觉自己由内而外被冻实，热茶流入他的肠胃，他僵硬的身体一点儿点儿解冻。

“王越没事，只是在低温环境待久了，生命体征有些微弱。”方灵坐在林迈旁边，手里握着一杯同款茶饮，“宋琪死了。”

“被吓死的？”

“除了之前的击打痕迹，尸体没有其他外伤，但现在还说不准，也许是被冻死的。”方灵说，“具体死因还需要解剖才能验明。”

“你说得没错。”林迈垂着脑袋说，“样板间的红酒瓶都是被冻裂的，凶手是大自然。”

“这可不是我认识的林迈。”

“这也不是我认识的世界。”林迈无奈地说，“冰冻三尺非一日之寒，你也看见了，现在是三伏天，病房门口的冰有一拳厚。”

“不知道你读不读科幻小说。”方灵突然问了一句八竿子打不着的话。

“你知道，我只看卷宗。”

“著名的科幻作家阿瑟·克拉克爵士说过，任何高科技初看都与魔法无异。一百年前的人们看见智能手机一定以为是宝物，一千年前的人们见了还会以为是法器。剥开现象的表皮，就能发现科学肌理。”方灵站起来，“我在床单上发现了这个。”

她捏着一个密封袋，里面装着林迈既熟悉又陌生的粉色晶体。“公安大学的老师联系了明大物理研究院，看看能不能从专业人士那里得到突破。林队长，搜集证物是你的工作，我希望你不要再失职。你平时不这样的。”

方灵说完离开，还有一具尸体等待她去申冤。方灵不给林迈解释的机会，他也没什么好解释的，一连串的打击让他透不过气。林迈调整心情，重新进入案发现场，梳理案情。同事已经调出医院的监控，没有发现可疑人物。值班护士也证实，她早上七点去过病房，当时一切正常。

为了能够更好地保护证人，王越将一把折叠椅铺在病房内休息，寸步不离宋琪。病房内设卫生间，伙食由门外警员负责，王越自从进入病房，就没出来。饶是如此，他仍没能叫停杀伐。跟苏海洋案一样，凶手神出鬼没，没有留下指纹，干净得就像根本没有造访。幽灵？鬼魂？外星人？林迈想起方灵提到的科幻小说，外星人的假设此刻深入人心。他是坚定的无神论者，科幻看起来比传说更有可能照进现实。就拿指纹来说，林迈翻阅案宗时，发现横沟区抓捕过一名入室盗窃的惯犯，经审问，他交代过去一年作案上百起，平均两三天就摸入一户人家。他的作案现场从未采集到任何指纹，后来才明白，他本身就没有指纹。案犯患有两种罕见疾病，分别是纳尔格利综合征和网状色素性疾病，两种疾病都是由角蛋白 14 存在缺陷所引发，致使皮肤外层细胞死亡。有没有可能，凶手没有留下指纹，不是因为他多么小心，而是指纹根本不存在？他不禁想到，外星人也没有指纹吧，至少不具备人类指纹的特征。

所以，当陈斌问林迈对凶手有什么想法的时候，他脱口而出："外星人。"

"你疯了，还是我幻听？"陈斌用陌生的眼光看着林迈，"你告诉我，外星人来到地球干什么？就是为了追杀苏海洋和宋琪这对狗男女？那外星文明可真够操心的。你要是敢写这样的报告，我就敢交上去，反正我这个分局的副局长也爬不上去了。”

“我需要支援。”林迈正色道，“明城有没有超自然调查研究所之类的机构？”

“你还真跟我玩科幻小说那套？”陈斌叹口气，摸出烟盒。

“给我来一根。”林迈伸手就取。

“抽你自己的。”陈斌却侧身躲过林迈。林迈只好拿自己的烟，盒里面空空荡荡，他索性揉成一团。

“我提供不了什么超自然研究所的帮助，但我向市局提交了申请，技侦支队会协助我们办案。你也知道，他们现在忙着‘6·19’案，人手紧张。”市公安局技术刑侦支队是一个高深莫测的部门，主要通过高科技手段查证，高深莫测并不在于高科技，而是隐蔽和神秘性。“上面又催了。”

“喂，医院不让抽烟。”有经过的护士看到陈斌，警告道。

“跟你说了，就是不听。”林迈搭腔道。

“你什么时候——”陈斌把烟摁灭，剩下的半截烟身放回盒内，跟护士致歉。“无名尸有进展了吗？”

“亏你还记得。”林迈把案情进展告诉陈斌，“已经查到宾馆死者的关键信息，名叫张嵩，他是安市人，专案组已经派人过去核实，我让冀渊跟着协助，现在应该快到了。”

林迈电话响起，他扫了一眼来电显示：“说曹操曹操就到。喂，冀渊。”冀渊跟林迈汇报出差的收获，林迈的脸色逐渐从期待转为落寞，挂线前说了一句“你们先回来吧”。

“怎么回事？”陈斌立马跟进。

“找到张嵩了。”

“什么？他不是死者吗？找到什么？”

“我什么时候说死者了？”林迈把调查过程简单复述一遍，“专案组找到张嵩，后者开始不承认，以为他们是查嫖妓的事，后来供认不讳，他的确跟卖淫女发生关系，但他一早就退房离开，房间里的死者与他无关。他之前否认是怕嫖娼的事情被老婆知道。专案组查明死者不是张嵩，已经撤回来了。”

“什么意思？他退房后，又有人入住？”陈斌不解道。

“酒店的电脑系统被破坏，宾客信息毁于一旦，还需要再跟前台确认。”林迈立刻给冀渊回拨过去，让他跟酒店方面确认。没一会儿，冀渊就有了回复。值班的前台说，案发那天早上的确有人退房，她刚跟夜班人员交接，是她办理的第一个人，因此记得清楚。林迈单手搓了搓脸，接着对冀渊下任务："你先不要回来，盯住张嵩。"电话那头，冀渊沉默片刻，才说没问题。未来几天，冀渊恐怕又吃不上一顿踏实饭了。

"让技侦支队查出所有与苏海洋相关的信息，不管动用什么手段！"林迈叮嘱陈斌。

05

液体。

水是液体,血是液体,啤酒也是液体。我想不明白,他们以“液体”来为行动取名的用意,但可以肯定,我也好,苏海洋也罢,都只是行动中的一环。我当然可以轻而易举地杀死张嵩 2 号,可我已经介入这个计划。按照苏海洋 2 号(姑且也加个 2 号,与冰柜里的尸体区分开来)的意思,他们并不知道我的存在,以为我出了意外。我本可以悄悄蛰伏下来,安然无恙地度过一生。即使苏海洋2号知道我的存在，只要我不再抛头露面，我也有把握从他们的视线中蒸发。身为杀手，伪装是基本功。但这样下去，我就距离唾手可得的普通生活渐行越远，就像字母X，先是彼此迫近，继而高速远离，再无相交的可能性。好吧，我承认，比起普通生活，林虹更有吸引力。我已经深深爱上她，无法自拔。想要心无旁骛地跟她一起生活，除了张嵩2号这个障碍，还有“他们”。

夜深了，林虹再次来到客厅，用手机播放音乐，还是那首歌曲，她随歌声舞蹈。

解救林虹，还要自我解救。

我听着音乐，跟林虹一起起舞。我从没有跳过舞，但那一刻，我仿佛被谁灵魂附体，动作像风一样自然。

黎明时分，我在沙发入睡。我做了一个梦，梦见我跟林虹在波光粼粼的湖面上起舞。我们谁也不说话，沉浸在歌声中，认真做着每一个动作。

我的特长是跟踪、伪装、谋杀，但是深入调查并非强项，我需要人帮助，尤其是专业人士。我的王牌是那具尸体。要想引起警方注意，必须设计一个轰动的出场方式。我选择城市广场花园，那里是明城最核心的休闲宝地，每天傍晚和早晨都有不少市民在此锻炼身体。我买了行李箱和干冰，把尸体放进去，差不多开了一天车，将之运到明城。

如果不是提着沉重的行李箱，我有把握避开所有摄像头，只要经过草丛和树林，当然，把尸体抛在这里也可以，但太普通了，想要引起轰动，就要搭配同等级别的案发现场。人们之所以能够记住那些大名鼎鼎的谋杀案，正是因为凶手变态的设计。比如开膛手杰克，比如《沉默的羔羊》（我在这个世界找到这部电影，剪辑版本也毫无出入，看来，并非一切都大相径庭，有些人和事原封不动地被复制了）。我找到一条长凳，把僵硬的尸体平放在上面，最后反过来拼接脑袋。

我没有立刻离开明城，也就意味着我听不到林虹的声音，看不见林虹的样子。我生平第一次感受到什么叫相思，原来心里装着一个人，可以这么幸福。

尸体很快被发现，整个明城的市民似乎都在讨论这起离奇案件。我希望明城警察可以发挥作用。不管他们在不在这里，一定有渠道得知这一信息。警方和他们都会采取行动，而我只需隔岸观火。

接下来，是我的私活。

我早已摸清张嵩 2 号下榻的宾馆，于是我守株待兔，偷偷溜进他入住的房间。晚上十时许，张嵩 2 号归来。这是一家快捷酒店，可以藏身的地方不多，我躲在衣柜里。即使隔着一层木质门板，我也能闻到刺鼻的酒味。我打开一条门缝，光挤进来。他和衣趴在床上，鼾声如雷。我也在努力学习打鼾，确保每一个细节都模仿到位。我轻轻推开衣柜门，走到床边，低头凝视他大开大合的睡姿，其中一条腿并没有撂在床上。我想起第一次见他，也是这样的醉酒，这样的距离。我杀过很多人，大部分都是用枪，与目标最近的时候也有十几米的间隔，连个照面都没打过，便送他们归西。近身作战也没问题，苏海洋就是我用匕首割掉脑袋，剥了脸皮。想到这里，我决定以同样的方法对待另一个我，扩大影响。

杀一个人很难吗？

对我来说，这个问题并不成立，我早已习惯死亡的气味。但当目标是另一个我，事情就产生微妙的变化，我把匕首悬停在他脖子旁边，突然有一种自杀的错觉，几次尝试都没能成功。想想林虹，想想自己，我做了几个深呼吸(就像第一次杀人那样)，把刀锋再次递上去。

恰在此时，床头柜的座机乍响。

我收回匕首，躲进衣柜。

张嵩 2 号伸出手，摸了几次才抓住话筒。

“行，来吧。”

他说着坐起来，用双手拍了拍脸，开始脱衣服，走到洗手间冲澡。

很快，敲门声响起。张嵩 2 号穿着浴衣开门，迎进来一个浓妆艳抹、衣着暴露的女人。

“大哥，我可以吗？”

“行行行，赶紧的吧。”

张嵩 2 号牵着女人的手，拽到床边，把她摁倒，随即在她脸上乱啃！

我真想冲出来，结果他们，可我忍住了，就这样出来，增加工作量不说，还容易失手，饶是我对自己的身手充满信心，也没把握同时毙命两个人，时间差会给第二个人高声释放恐惧的机会。我只能耐心等待，让他做个“风流鬼”。

不知是酒精作祟，还是他本身的能力问题，没多久，他就泄了气，坐在床边抽烟。

我没有经历过男女之事，所有经验都来自电影。

“我平时不这样的。”他说，“留个联系方式吧美女，下次来这里出差我还找你，让你见识一下我的真实水平。”

“好的呀。”

“你不信是吧，不信再来一次。”

“再来一次要加钟。”

“算了，你走吧，我有点儿困。”

“好的呀。”

女人穿好衣服，离开。张嵩2号趴在床上，没一会儿响起鼾声。我再次打开柜门，走到他身旁。这次，我没有犹豫和徘徊，直接跪在他后背，拾起一旁的枕头，摁住他脑袋。他双腿弹蹬片刻，不再活动。

我砍下他的脑袋，剥去脸皮，烫掉指纹，做成系列案，1加1大于2，连环杀人案会引起更大的骚动和关注。

我穿上张嵩2号的衣服，坐在尸体旁，静待天明。

火车上，我再次遇见那名叫付静的乘务员，主动跟她打招呼："这么巧啊老同学。"

"你还好意思跟我问好，上次把我灌多，第二天胃疼一天，连口水都喝不下去。"

"我在单元门的草坪上睡了一夜，比比咱俩谁更惨。"

“幸亏十年聚一次。”

“你要是愿意,咱天天都能见面。”

“我不跟你似的大老板。”

“啥大老板,都是给人打工。”

“那也是总经理,我只是一名乘务员。不跟你多说了,我得干活。”

“一会儿餐厅见。上次是我肚子疼上厕所,这次我请客,保证不跑。”

火车到站,打车回小区。我经过租住的楼栋,来到张嵩2号家里,打开门,迎向新生活,张开双臂:“我回来了!”

☴

“死者心肌细胞受到不同程度的损伤，心肌中夹杂红玫瑰色血斑，说明出血过多，损害心脏功能。由此可见，人完全可能因受惊吓，心理无法承受而故去，也就是所谓的吓死。而且，死者脑部重伤，刚刚做完手术，也有这方面诱因。”方灵把宋琪的验尸报告拿给林迈，告诉他以上结论。

一个，两个，三个……

林迈想起宋琪不断重复的自语，到底是三个什么？他一度以为是三名凶手，现在觉得三名凶手的猜测过于简单。按照目前案情的离奇走向，也许是凶手有三颗脑袋(三头六臂)，这样又引渡到神话范畴。如果真是这样，案情反而简单，任何有悖于常识的现象都能一股脑儿推给民间传说。

破案跟写小说一样，开头容易，有一些制式规定与方法，只需要按部就班，就能推动剧情发展，但到了某个阶段，就会陷入一种无路可走的境地——林迈就走到这一步。最重要的目击证人被吓死，苏海洋人际关系错综复杂，彻底梳理清楚需要时间，饶是动用刑侦手段，也免不了一番走访和摸排。

林迈坐在车内，一边往嘴里塞着包子，一边翻看刚刚发送来的资料。包子装在塑料袋里，堆在副驾驶座位上，林迈专心致志阅读文档，包子塞得速度太快，噎住。他记得买了一杯豆浆，却哪儿都没找到，只好咳嗽着吐出咀嚼物。他拧着身子从后座抽出几张纸巾，把嚼碎的包子吐在上面，包裹几下，丢到挡风玻璃的位置，重新回到字里行间，一则私密的爆料引起他的兴趣。

受访者也是一家房企的老板，跟苏海洋是竞争对手，但是他们平时走得很近，经常聚餐，也会有其他行业的重要人物参加，聚会地点一般是只对会员开放的高级私人会所。受访者提到，苏海洋有龙阳之好，常年包养两位少爷，去年开始，他变换口味，开始四处找女人。除此之外，苏海洋开始信道。这其实不奇怪，许多有钱人都会给自己强加一个信仰。一般来讲，信佛居多，信道很少。佛家是最平易近人的选择，戴一个手串，念两句善哉，好像就能皈依佛门。

读下去，林迈却发现并非如此，苏海洋能够成章背诵《道德经》，可见下了真功夫。不过，还是逃不过人们的打趣。林迈记得读到过类似的内容，立马往前翻，看到一则记录，声称苏海洋判若两人——他之前酒量很好，后来也喝，但沾酒就醉，醉了就不停念经，痛哭流涕，陈说自己的罪孽，搞得神神道道。资料里还有一段视频，是手机拍摄的，晃动很厉害，画面中的主人公正是苏海洋。时间是几年前，苏海洋刚开始开发楼盘，因为外墙掉落，业主维权，苏海洋亲自出马，谈判未果，竟用暴力威胁业主，掐住其中一位中年男性的脖子——跟苏海洋的死法如出一辙，该不会是隐忍多年的报复，或者“城市清道夫”打抱不平，替那些被恶霸欺凌而敢怒不敢言的普通百姓出头？就像陈斌所言的“无名英雄”。

咚咚咚。

林迈扭头看见方灵在叩击车窗。

林迈解开门锁，方灵拉开车门坐进来。她毫不留情地展露厌恶，用手背捂着鼻子：“你多久没洗澡了？”

“我——”

“别说了，”方灵制止林迈，他嘴里的味道更难闻，“指纹比对结果显示，红酒瓶上的指纹与苏海洋的一致。”

“什么？”林迈想起他跟王越曾经关于案情可能性的讨论，莫非宋琪想要杀害苏海洋，紧紧箍住他的脖子，苏海洋反抗过程中，抓住酒瓶砸向宋琪的脑袋？林迈迫不及待跟方灵分享，“从逻辑上说得过去，我们查过宋琪，她经常去健身房，握力不输同龄男性。如果没有超自然的冰冷，至少可以这样结案。”

“恐怕不成立。”方灵干脆捏住鼻子，“你要感谢超自然的冰冷，让苏海洋身上的压痕完整保留，我们做过比对，宋琪的手太小，倒是有一个人特别适合。”

“谁？”

“苏海洋。我们在苏海洋的脖子上拾取到他的指纹。如果没有两个苏海洋,就是苏海洋自己掐死自己。或者凶手扼死苏海洋,用酒精擦拭掉指纹,再把苏海洋的双手摆到脖子。一般来说,人无法掐死自己,窒息导致失去意识后肌肉就会放松,可以继续呼吸。但也有例外,”方灵丢给林迈一份资料,“比如,外星人手。还有一件事,宋琪死前曾有过性行为,下体发现精斑。”

林迈想起加油站见到的苏海洋,可他不知怎么张口。

喂,方灵,有两个苏海洋。他多希望自己眼花,或者在梦中。在梦中,天马行空的设定都能成立。

06

我尽力扮演自己。

坐姿、吃相、言谈。

过去半年,我偷听过他们上百次用餐,基本都是筷子与碗磕碰的声音。如今,换我与林虹母子一起吃饭,我忍不住想说话,表现热忱。我知道张嵩 2 号吃完饭会去厨房, 在林虹的要求下,开着抽油烟机吞云吐雾。我吃完饭后也来到厨房,打开抽油烟机,点了一根烟,尽量与他的轨迹保持一致。林虹端着盘子、碗进入厨房,一言不发地清洗。我掐了烟，走到她身后，把那条项链挂在她的脖子上。

林虹有些吃惊和躲闪，甚至不安地回望。

“对不起，之前是我不好。我答应你，刚才是最后一根烟，从今天起，我不会再抽烟、喝酒，更不会打你一下。”

林虹没有被我的承诺打动，只是转过头，继续刷碗。

“别离婚好吗？过去的那个我已经死了，你现在看到的是全新的我。”

“不用多说，我意已决。什么都给你，只要孩子归我。”

“我真的变了。”

“张嵩你知道吗，跟你在一起这些年我明白了一个道理，人是不会变的。如果你觉得一个人变了，只能说明你以前根本不了解他。而我，太了解你。”

我不知道该说什么。

“怎么,又想打我吗?”

“不。”我连忙澄清,“我再也不会打你。任何人都别想伤害你。”

晚上,我跟林虹躺在同一张床上,她背向我,戴着耳机看电影。她一直看好莱坞大制作,完全沉浸其中,也许看电影的时候,她觉得自己进入另一个世界,那个世界没有我,准确地说是没有张嵩2号。我想跟她说说话,又怕露馅儿。他们是生活在同一片屋檐下的夫妻啊,尽管彼此嫌恶,但相处时间仅次于与各自父母生活的时长。我有心牵一牵她的手,几次伸出去,都搁浅在半路。

多少年以来,这是我第一次躺在床上,这种感觉很奇妙——踏实又缥缈,我不停地活动四肢,碰触到床单才能安心,否则,我会以为自己飘浮在云上。

我整夜难以入眠，眼看房间一点儿点儿从黑变白。我轻手轻脚地起床，来到洗手间。我望着镜中的自己，摸摸头发，拍拍脸颊，仿佛这是我借来的身体。我用张嵩2号的牙刷，顺便帮林虹挤好牙膏。收拾干净，我来到厨房，打开冰箱，望着菜蔬发呆。我的冰箱只有面包、火腿和牛奶。我只能掏出手机，搜索营养早餐，根据网上的指示进行操作。我找到一只大碗，在里面打了三个鸡蛋，然后加入晾好的温水，封一层保鲜膜，拿筷子扎两个小洞，放进微波炉，选择蒸水蛋模式；把馒头切成两厘米见方的馍丁，起火，烧热锅底，倒油，下入馍丁煎炒至四面金黄，盛出备用，之后把甘蓝切成丝，肉切丝，葱姜切丝，炒熟后下入刚刚处理好的馍丁。林虹跟孩子起床，看见餐桌上的成品，似乎不敢相信眼前发生的一切。

“对不起，鸡蛋羹蒸老了，都是蜂窝。馒头煎煳了。我会努力练习，提升厨艺。”

“谢谢爸爸。”小孩表现得很兴奋，吃得非常卖力。我却没有反应过来“爸爸”这个称谓。是啊，我不仅要取代张嵩2号，担任林虹的丈夫，还要扮演小孩的父亲。

我开车送他上学。“爸爸答应你，以后再也不会打妈妈。”

“爸爸，你一定要做到，否则长大后，我不会饶过你。”

“哈哈，放心吧，爸爸已经变了。”

“你知道吗，我很久都没看见你笑了。真好。”

送完小孩，我来到公司，职员是我另外需要努力模仿的角色。张嵩2号跟林虹相处的时间最多，但与同事的沟通远远超过跟林虹的对话。我停好车，坐电梯上楼，进门的时候还有些紧张。我伸出右手食指放在打卡机上，提示我失败；我又试了一次，仍然无法通过，最后才发现录入的是大拇指。

我一直在做功课，了解化妆品，熟悉售货渠道，包括跟谁关系好，跟谁往来不多，我都做了备注。那个胖子喜欢吃兰州拉面，穿凉鞋的爱吃红烧肉盖饭，每次还要往米饭上浇一勺菜汤。公司老总爱戴一顶遮阳帽，嚼槟榔，抽电子烟。财务经理以严苛著称，要求发票粘贴整齐，否则不予报销。

我把小孩送回父母(跟他们的相处我尤其谨慎，须知，世界上最懂你的人就是父母)家，与林虹约会——我知道，他们已经是拥有将近十年婚龄的老夫老妻，基本上外出就餐都是一家三口齐上阵。作为旁观者，我注意到过去半年，他们从来没有两个人一起去餐厅。就跟做饭一样，我从网络上搜到一份谈恋爱宝典，里面详细讲述增进夫妻双方感情的活动，比如时不时从一成不变的生活套路中跳脱出来，像追求她时那样来一场浪漫的约会。

“你葫芦里到底卖的什么药？”

“我说过，我变了。我想对你好，不留余地、不遗余力。”

“我也说过，人是不会改变的。”

“你说得对，现在才是真的我。”

“我倒是要看看，你能坚持多久。”

“你应该知道我能坚持多久。”我开了一个玩笑。宝典还说，要有幽默感。

“你是不是遭受了什么精神打击？”

“没有，我就是悬崖勒马。你说离婚，吓到我了。我想象没有你的日子，我不能想象没有你的日子。”宝典另外一条建议，多说温暖的情话，没有女人不喜欢听这些。

林虹笑了。这是我来到她面前,她第一次开怀。

适时制造一些惊喜——我请了一天假,把房间里里外外打扫一遍,我拆洗抽油烟机,用洁厕灵刷净马桶,更换新床单,擦玻璃,让抹布在房间旅行,墩地,沙发罩在洗衣机里游泳,橱柜里的碗碟焕然一新,等等。我伸出双手,展览作品。

“你这样挽回不了我,我们之间的感情已经结束了。”

“我没想挽回你,我只想做我自己。做饭时,我很快乐;洗衣服时,我很快乐;爱你,我很快乐。”

“你以前不这样的。”

“以前那个不是我。”

“你不用做这些,我不会回心转意。”

我耸耸肩,表示无所谓。她说得对,人是不会改变的，所以张嵩 2 号才会一而再、再而三地对她施暴，永无止境地抽烟、喝酒，但我不是他。她会慢慢认识我。

“我们合个影吧，好久没一起自拍了。”我提议。

她同意了。

拍照时，我们靠得很近，我能感受到肌肤接触的时候，她没有躲闪。

对我挑战最大的还是睡觉。

第一，我仍然无法习惯躺在床上休息——假如危险来临，坐在沙发上比躺在床上更适合应对突发状况；第二，我身边是我第一个喜欢的女人，触手可及，又遥不可及。

我尝试把手往她身边移动，又迷途知返似的撤回。

林虹抓住我的手。

我再次感到飘浮在云端，这次是飘飘欲仙。

这种感觉太美妙了，比重生更让我着迷。我们紧紧地十指相扣，直到入眠。这是我睡得最安心的一觉。以前睡觉我总是睁着一只眼，只有今天完全、彻底地沉入睡眠。睡觉也是一件美妙的事情。我是被手机振动吵醒的。

是一个陌生号码——我使用了张嵩 2 号的手机，并承接他的社交圈。

“喂。”

“看窗外。”

我拉开窗帘，看见对面有人向我招手。那是我曾经窥视张嵩 2 号的位置，坐在那里的人是又一个我！

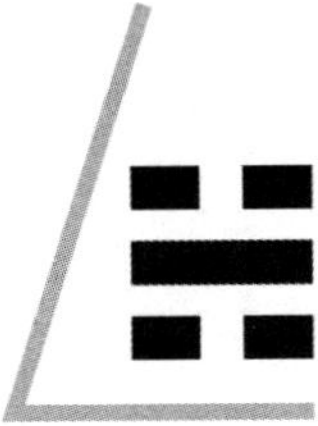

试想以下场景：当你坐在沙发上看电视，突然感到无法呼吸，脖子就像被一只手掐住，不是恶作剧，掐住喉咙的正是你的左手，你想分开五指而不能，只能用右手去对抗邪恶的左手——这并不是恐怖片桥段，不存在恶灵附体，或者精神控制，而是一种病，称为异手综合征或者外星人手综合征。[1]所以，根本不是外星人，而是外星人手？

① 摘自文章《让人手不由己的"外星人手综合征"，还可能悄悄掐住自己的喉咙》，发表于《SME 科技故事》，下文关于外星人手的叙述皆引用和借鉴该文章。

苏海洋的双手不受控制，拿起酒瓶砸向宋琪的脑袋，再用双手扼住自己的脖子，如此一来，现场当然不会有第三者的指纹，监控也不会拍下凶手的影踪，因为凶手不存在——自始至终都是苏海洋自导自演的一场戏，或者说，导演是苏海洋的双手。但后面的剧情还是有出入，假如苏海洋(的双手)是始作俑者，开车逃离售楼部的是谁？加油站的苏海洋难道是鬼魅？吓死宋琪的是谁？宋琪永远无法说话——虽然尸体会替死者开口，可是宋琪根本没有与凶手发生身体接触，她的身上不会留下证据——但王越还活着。

“林队，”病床一端摇高，王越呈半躺姿势，“对不起，我没能保护好宋琪。”王越说着竟然掉下几颗眼泪。他在刑警大队一直属于插科打诨的搞笑担当，林迈从没见他哭过。

“你好好养病。”林迈示意他不要内疚，“活着就是胜利。”

“林队,”王越止住哭泣,“我没事,就是冻着了,大夫说我各项指标都合格,我申请归队。我要亲手抓住那个浑蛋。”

“你从未离队啊。”

“谢谢林队。”王越又要酝酿情绪。

“打住,你这样我都不习惯,这还是那个吊儿郎当的王越吗?”林迈坐在床边,王越侧卧着,与他面对面,“你要是没事,跟我讲讲那天发生了什么。”

“我是被冻醒的。”王越回忆道,“冷,刺骨严寒,我先是蜷缩起来,抓过衣服盖在身上,我伸手的时候发现不对,我的胳膊碰到前一晚喝剩的矿泉水瓶,瓶身冰凉,里面的水被冻实了。我立刻惊醒,从折叠床上坐起来,看见房间内站着一个雪人。对,就是雪人,跟我们小时候堆的那种胖嘟嘟的雪人很像，只是长着一双晶莹透亮的冰手,以它站立的地方为圆心,冰雪像藤蔓植物一样向外辐射。我下意识掏枪，冲雪人砰砰砰就是几枪——”

“几枪？”现场一共找到三枚弹壳。

“三枪,我记得是。”王越说,“子弹从雪人身体穿过,击打墙面,雪人身上连一个枪眼都没有。我赶紧下床,想带宋琪离开,这才发现,她身体僵硬,张大眼睛和嘴巴,根本搬不动。对不起,我没有继续努力和尝试,而是想着逃跑。我太害怕了,那是一个雪人啊。我转身朝门口跑去,结果滑倒,我拼命爬行,发现出口被厚厚的冰层封住。我绝望极了,感觉灵魂从身体剥离,浑身乏力,也许是被冻得失去意识。我以为我就要死了,再也见不到你了。”

“别煽情了,见不到我你指不定多庆幸呢,是害怕见不到你女朋友吧。”

“和父母。”王越补充道,“我知道你们肯定不信,但这是我亲眼所见。”

“事到如今,还有什么不能相信,最起码你指出了样板间和病房冰冷的原因——雪人。”林迈喃喃道,“搞了半天,我们要对付的还是外星人。”

“是雪人啊,林队。”王越提醒林迈,“这样一来,就能解开样板间杀人案的疑团。我们假设凶手根本不知道门锁密码,也不需要知道,因为自始至终门都没有被打开过,凶手、雪人可以穿墙而入,造成气温骤降。林队,苏海洋真的是遭到神明惩罚。”

“我们的古典神话里面,有雷公电母风伯云童,好像没有雪神。”林迈说,“我宁愿相信外星人,也不想承认精灵。”

林迈没有丝毫解脱之感,真正的凶手现身

了，他却无法扑上去猎杀，就像穿过雪人身体的子弹，根本没有着力点。他相信王越，可怎么让陈斌相信？或许陈斌好说，他毕竟见过两个离奇的案发现场，重点是陈斌如何帮他把这份结案报告递上去？如何跟民众解释？不能说没有收获，可这样玄幻的解释既站不住脚，也拿不出手。即使雪人的存在被坐实，案子仍然无法完结，必须缉捕才算大功告成。至于审判，就让上面的人头疼吧。他关心的是，雪人的动机。

林迈让王越好好休息，留两个同事照看。

“林队，”王越叫住准备离开的林迈，“我有个事不明白，是谁透露的消息呢？雪人怎么知道宋琪在这家医院的这间病房？”

林迈愣了一下，茫然重复：“是啊，是谁透露的消息呢？”

“世界上只存在一种鬼，就是内鬼；只存在一种魔，就是心魔。”

王越暗示林迈，警队出现内鬼，或许那个人知道更多关于雪人的消息。

“我会处理。”林迈以领导的口吻指示道，“你赶紧恢复。你在的时候总嫌你烦，不在的时候还真有点儿想念。”

林迈刚离开病房，又返回来，王越立马坐起，精神紧张，可能以为要给他安排任务，结果林迈只是抓起床头柜上的文件，笑着说没事。林迈最近忙晕了，一副魂不守舍的样子，丢三落四是常态。

林迈想抽根烟解乏，摸出烟盒，记起前面亲历的两次告诫，暂时收住烟瘾，往室外走。许是状态不佳，许是心有所想，不小心撞到前面的行人，资料和香烟散落一地。林迈连忙道歉，那人回过头，却是于北冥教授。

“缘分哪。”于北冥笑道，蹲下来帮他捡文件。

“于医生，又见面了。”

“我听说前两天，医院发生了一起命案。”于北冥小声试探。

“恕我不能多讲。”林迈说，“案情还在调查阶段，一切保密。”

“理解。”于北冥把掉落的纸张简单规整一下交还林迈，却在林迈接手的时候撤回，饶有意味地盯着上面的文章，“外星人手，这个我研究过。也许我能给你提供点儿新思路。怎么样，要不要到我办公室抽根烟？”

于北冥职位不低，办公室却不大，装修更是简单古朴，甚至是古老，房间一角摆放着两只木质沙发，铺着薄薄一层针织坐垫，权当会客之用。

“你先坐，我泡杯茶。”于北冥把林迈让到沙发上，说是泡茶，却没有茶海，只是用电水壶烧水，从柜子里找到两只机关专用茶缸，“你先说，还是我先讲？”

“说什么？”林迈终于点上梦寐以求的烟，狠狠抽了一口，使劲儿咽下去。

“案情啊。”于北冥说，“你不用和盘托出，就拣跟外星人手有关的情节就行，我保证今天的谈话，一个字都不会溜出屋子。”

“你先简单跟我讲下原理吧。”林迈思索一番措辞。

“外星人手综合征是一种罕见的神经系统疾病，最突出的症状是肢体无意识、不受本体控制但有目的性地运动。其实很简单，正常人的大脑，有计划的运动信息起源于额叶，随后发送到初级运动皮层执行相关的活动；外星人手综合征患者大脑内的运动信息直接起源于初级运动皮层，而且没有将相关信息知会额叶，患者意识不到自己的动作。让我来猜一下，案发现场没有发现任何可疑的指纹和脚印，死者却明显是他杀，于是你们怀疑外星人手作祟？”

“这种案例多吗？”林迈答非所问。

“1908年，德国神经精神学家库尔特·戈尔茨坦第一次对外披露这种特殊病症。他提到一位妇女，因为中风，左半爿身子受到影响，恢复后，左手变得不由自主——她想用左手拿玻璃杯时，左手却置若罔闻，而有时候，左手却突然攥住杯子，不受本人控制，想要松开都不能。关键来了，她的左手有时会紧紧掐住脖子，迫使她用右手保护自己。这正是外星人手没有划归到妄想症或其他精神问题的原因，受影响的手似乎在执行一些固定任务，动作协调而复杂，并非漫无目的。”于北冥铺垫了一大堆前情后，终于切入正题，“自1908年以来，只有五十例左右的外星人手综合征得到证实。让我来猜一下,监控是不是拍下死者被害全过程，视频显示，死者正是被自己的左手扼死？”

“为什么是左手？”林迈想起冀渊,他总爱说“你猜怎么着”,于北冥的“让我猜一下”与之倒是绝佳呼应。

“这要从胼胝体说起,大多数情况下,人脑的优势半球是左脑。优势半球执行动作时,对另一侧脑控制的手保持某种间接调控,当胼胝体受损时,非优势半球控制的那只手就会失去控制——右脑控制左手。”于北冥说到专业,侃侃而谈,但他经过林迈两个问题的勾引,意识到上当,停下来发问,“跟苏海洋有关吧,实不相瞒,他死前来我这里接受过咨询。”

“真的？”林迈猛地坐直,把剩下的半截烟身扔进烟灰缸,“他找你说了什么？”

“我也有义务对患者的病情保密。”

“我现在以警方的身份,要求你配合调查。”林迈站起来,厉声道。

“林警官,这样就没意思了啊。”于北冥也站起来,“我好心帮你答疑解惑,你却审讯我?”

“你想怎么着?”

“很简单,信息共享。”于北冥说,“我想知道苏海洋的死因。有人说他被仇人所杀,身上被捅了一百多刀,没有一块好肉,也有人说是下毒,脸色黑得像锅底。结合你刚才说的外星人手,我怀疑他是被人掐死,或者被他自己掐死。”

“我什么都没说。”林迈张开双手。

“都是我臆测。”于北冥知足地说,“苏海洋精神状态很不好,他说自己脑子里好像有一个声音在左右他行事。”

“又是‘裂脑人’?”所谓“裂脑人”,就是一个大脑可以同时支配两种不同的人格。林迈猛地惊觉，外星人手似乎跟“裂脑人”大同小异。

“我更倾向是认知冲突。举个简单的例子——”于北冥走到办公桌后面，拿出白纸和签字笔，在上面写了一个繁体的“绿”，问林迈读什么。

“绿啊。”林迈脱口而出，却大惑不解。

“这个呢？”于北冥从笔筒里换了一根绿色荧光笔，在纸上写下繁体的“蓝”。

“蓝。”林迈稍微反应了一下才读出来，他差点儿也说成“绿”，“不是，你在考验我的繁体字储备吗？”

“你说‘蓝’的时候比说‘绿’慢。你经常见到白纸黑字，下意识就说出读音来，换成其他颜色就会形成干扰，尤其是字本身代表另外一种颜色时。这就是最简单的认知冲突。看起来好像没什么，但试想一下，如果交通信号灯出现故障，路口都是绿灯，司机可能直接冲过去，这就是认知控制能力。"于北冥呷了一口茶，继续说道，"参与认知控制过程的脑区很多，包含 ACC（前扣带回）和 DLPFC（背外侧前额叶），以及顶叶、前运动皮层、额中回等，现在已经有增强认知控制能力的训练，比如对颜色与词义不同的刺激（他指指那张写着'绿'与'蓝'的纸），经过练习，测试者可以更快对其颜色做出反应，避免被自动化更强的词义干扰。当然，也可以进行相反的测试，比如把绿色和红色互换，经过长时间刺激，测试者看见绿色，脑中会自动反映出红色，反之亦然。这对于司机来说，几乎是致命的。[①]"

"你的意思是，苏海洋怀疑有人对他进行了

① 参考文章《大脑如何处理认知冲突？》。

某种刺激，让他产生认知冲突？”林迈想到一个可怕的可能，“比如把生存和死亡互换？让他以为掐死自己正是为了拯救，求生欲越强，死得越快？就跟催眠一样。”

“比催眠复杂和困难多了。”于北冥说，“想要造成如此强烈的认知冲突，单纯使用意念控制远远不够，需要对大脑本身进行编程。我的意思是，如果我们把大脑比作计算机，只是插入几行病毒远远不够，必须重写大脑代码。我给苏海洋做过fMRI（功能性磁共振成像）测试，并没有在他的大脑里发现异常，更不存在植入电极之类的猜想。我觉得可能是压力太大，给他开了一些安神补脑的药品，督促他过段时间复查，不过没下文了。”

“于医生相信外星人吗？”林迈抛出一个突兀的问题。

“什么？”

“外星人。ET。”

“他们在哪儿呢？”于北冥会心一笑。

“我怎么知道？”

“费米悖论[1]啊。”于北冥失望地摇摇头，“我以为你是同道中人。”

“我是说，有没有这种可能，”林迈继续向于北冥求证自己的想法，“外星人不是像我们人类一样的实体，而是一种意识，可以侵入人类脑袋，左右人们做出选择？”

“我明白了，你是想说所谓外星人手就是外星人在操纵人类的手？这个写科幻小说还行，在

① 据说在 1950 年的一天，诺贝尔奖获得者、物理学家恩里克·费米边吃午餐边和人讨论地外文明是否存在的问题。其他人认为，即使平均起来一个行星产生生命和技术文明的可能性很小，但由于宇宙历史悠久，天体数目众多，外星文明的总数也应该相当可观。这时费米突然冒出来一句：“那他们都在哪儿呢？”故事的真实性有待证实，但迄今人类并未发现有关外星人存在的蛛丝马迹。

学术界立不住。目前人类对于外星人手综合征的认识还不够多，但已经基本揭示了发病原理。”于北冥话锋一转，悄悄地问，“我们医院那位目击者是怎么死的？是不是也跟外星人手有关？”

“打住。”林迈及时叫停，天知道，如果让于北冥知道宋琪是被吓死的，他会创造出怎样天马行空的剧情，更不能提及雪人。事实上，林迈不准备把雪人写进报告，不是他不相信王越，凭空产生的极寒就是佐证，他必须挖出雪人的来龙去脉。就像于北冥刚才所说，林迈可不想上级领导把他的报告当成科幻小说。“我最近也有些精神问题，总是觉得动作与思想分离，忘事。会不会有人在干扰我的意识？”

“你这是累了，需要休息。”

林迈从于北冥办公室出来，在医院门口摊了一套煎饼，回到车中，把资料塞进后座的文件夹。

他把相关内容都复印了一遍，从文具店买了三个文件夹，拼成一排，把汽车改造成移动办公室，兼顾住宿作用。方灵上次说，他应该买一辆房车；又想起，王越说南方某市，一对夫妻买不起学区房，便购置了一辆房车，花钱择校，把房车停在学校门口。

林迈一边咀嚼煎饼，一边掏出手机给冀渊打电话，问询他那边的情况。林迈听出冀渊跟他一样，也在车里吃东西，声音有些含糊，还有一些嘈杂的背景音。冀渊说他正在吃面条，手机开了免提。

“张嵩每天正常上下班，有时候晚上跟老婆孩子去餐厅吃饭，有时候去菜市场买菜。没什么特别的事，我是不是可以回来了？”冀渊向林迈请示。

“再等两天，张嵩是唯一的线索。我已经跟技侦支队汇报了张嵩的情况，等他们调查，你再收队。”林迈安慰冀渊，“辛苦了。”他为上次对他发脾气感到抱歉，想着等冀渊回来，请他好好吃一顿。不，是等案子结束。这段时间，他可没有时间，也不是说没时间，而是没心情，没心情就没胃口。

“我们做警察的，辛苦就是幸福，至少不用面对枪林弹雨。我知道林队是给我安排了一个好差事。”冀渊笑着说，“对了，我想起来，有个事情。我跟本地派出所的同事打听过张嵩，请他们帮忙摸一下张嵩的基本信息，他们跟我说，前两天接到过一个报警电话，你猜怎么着？”

“刚说两句好话，你就原形毕露。”

“是张嵩妻子打来的。”冀渊说，“我留意了一下，问他们要到了电话录音。我发你微信，你听了再聊。我先把面条吃完，都快糟了。”接着，电话里就传来大声吸溜的声音。

林迈笑着骂了他一句，正准备挂断，电话那头突然安静了，接着传来一声撞击。

“冀渊。喂，冀渊？”

电话那头没人应答，该不会是手机掉了吧？应该是手机掉了，冀渊一定是偏着脑袋把手机夹在肩膀，腾出两手吃饭。不，冀渊刚才说他开了免提，手机应该挂在导航支架上。

“喂，喂，冀渊，你在听吗？”

“喂？”是个陌生的声音。

“你是谁？冀渊在哪儿？”不祥的预感涌上心头，林迈强迫自己不要乱想。

电话挂断。

林迈立刻重拨，提示无法接通。他又试了几次，终于作罢，跟当地分局的熟人联系，请对方帮忙出现场。林迈不停地用手捶击方向盘，余光看到副驾驶座上吃剩的煎饼，抓起来，拉开车门，就要扔出去，最后一刻，他收手了，大口大口把煎饼揉进嘴里，强迫自己咽下。这是一场硬仗，他必须保持足够的体力和愤怒！

林迈打开微信，听冀渊发来的录音。

男声："你说奇怪指的是什么？"

女声："我老公去明城出了趟差，回来就像变了个人。我现在很害怕，不知道怎么办？"

男声："这个情况比较特殊，我们也没办法介入，我建议您带上您爱人去医院做一个检查。"

女声："我需要保护！快点儿派人来保护我们母子！"

男声："女士，您别急，这种情况，我们没法出警。"

女声："要怎么样你们才肯过来？等我们死了，再过来收尸吗？"

男声："女士，您从哪些表现觉得他变了个

人？生活习惯不同还是记忆出现偏差？”

女声："都没有，他对我比以前好了，我能感受出来那种关怀，你能明白吗？他以前连袜子都不洗，现在包揽了我的内衣裤。”

男声："这是好事儿，说明您丈夫更加珍惜你们的感情。”

女声："不，你不明白，我认识的他不会做出这种改变。我感受到了他的爱，真诚的爱，可原先那个浑蛋根本没有情感可言……”

变了个人……

07

我不知道发生了什么，这不是个好兆头。他们发现我了。

我立刻拉上窗帘，叫醒还在熟睡的林虹，把一脸懵懂的她拉下床，躲进床与衣柜之间的“壕沟”。

“怎么回事？”

“嘘。”我说，“接下来请务必按照我说的去做。”

“到底怎么回事？”林虹坐起来，又被我按下。

"危险！"

"我在自己家能有什么危险？"林虹推了我一把，"我不明白。这又是你的新花样吗？"

这时，我的手机再次响起。还是他。慌乱中，我来不及为他取一个昵称，只好用人称代词。或许我可以叫他张嵩 3 号。显然，他比 2 号更难对付。

"做别人的感觉好吗？"他说。

"你是谁？"我的心一下子慌了，他知道我过去几天做过什么，要么他拷贝了我的记忆，要么他悄悄潜伏在我身边——而我竟一无所知。这可不是一个顶级杀手会犯的错误。对于新生活的向往让我分心。林虹让我分心。换作从前，这种事情绝对不会发生。

"我跟你一样，你是谁，我就是谁。你可以叫我张嵩 3 号。不过在我眼中，这是属于你的代号，我才是本体。”

“你想干什么？”

“我要狩猎你。”

电话挂断。

“你告诉我，到底发生了什么？还有，你到底是谁？”林虹也有些急了，她肯定以为我神经质或者无理取闹。

“现在没时间解释，总之，请你相信我。我们现在处于危险之中，一定要按照我说的做，千万不要离开卧室。”

“我没心思陪你胡闹！”

啪。一声清脆的枪响，窗玻璃应声碎裂。子弹就从我跟林虹之间穿过，钻进衣柜，在木质门板上烙下一个黑黢黢的小洞。林虹吓傻了，瞠目结舌，一动不动，连躲避都忘记了。我再次把她摁倒，这次她不再反抗。

啪。这一枪打在枕头上，闷吭一声。

“孩子。”她哭着说道。

“他的卧室不朝阳，暂时安全。你跟他打电话，告诉他把门锁死，不要靠近窗户，不管发生什么都别出来。”我说完蹲着挪向门口，像一只鸭子。林虹牵住我的手。“放心，有我在。”我安慰她。其实我心里比她更没谱。她顶多以为是意外，怎么也不会想到我来自他世界，而且不止两个世界，仿佛一场展会，天南海北不同的我“欢聚一堂”。

我来到卧室门口，不敢再往前一步。

客厅没有窗帘，只要我现身，就会被他的瞄准器十字线锁定。卧室门一侧是餐桌，另一侧是电视墙，电视两边摆放着两盆生长茂盛的榕树。花盆一米多高，放在带轮的托盘上面。我滑动花盆，躲在榕树后面，向着沙发的位置转移。枪声立刻响起，不像刚才只是零星的几次试探，这次是集中火力，把子弹泼洒在花盆上，在我移动到沙发之际，花盆被彻底打烂，土里面种植了至少十颗子弹——子弹会生根发芽吗？我躺在茶几和沙发之间的缝隙里，把沙发撂倒，撕开底部绷着的绒布。打扫房间的时候，我把枪械藏进沙发芯。握住枪，我感到踏实。我在对面住了半年，知道最佳的偷窥位置。我朝着那里甩了几枪，对面暂时哑火，没有对攻。我趁机顺着墙边溜到窗口，蹲在窗台下面。还好这里是老旧小区，交房时间较早，没有安装落地窗。

我等了半分钟，对面仍然没有动静。

叮。手机响了，是一条短信："你知道吗，狩猎最好玩的不是击毙猎物，而是围捕的过程。他们说你是那个世界最好的杀手，恰巧我也是我们世界的 No.1（第一），希望你不要让我失望，多活几轮哟。你一定很好奇这一切到底是怎么回事儿。来问我吧,不过你要先找到我,给你个提示,付静。”

他显然对我了解更多,也比我了解更多,关于三个我的事情。我必须抓住他,才能顺藤摸瓜,搞清来龙去脉。但这些都不重要,重要的是,我如何才能确保林虹和孩子的人身安全。我回到卧室,林虹乖乖躲在那里,大气都不敢喘。刚刚发生的枪战已经远远超出她的接受范围。任何一个普通人都不会想到自己有一天会经历枪林弹雨,经历生与死、命悬一线。

付静是张嵩 2 号的同学,职业是乘务员,我执行第一次任务,杀死苏海洋后,搭乘高铁时偶遇。他的暗示非常直接,告诉我去明城找他。可是,会不会是调虎离山?一旦我去往明城,他就可以游刃有余地抓住林虹和孩子,之后便拿住我的三寸。在我的世界,不会有这种短板,我根本没有与任何有生命的事物建立私密的情感，即使是我的经纪人，也从未谋面，对我来说，他只是一个中转站和传声筒而已。现在不行，我有了软肋。女人是男人的一根肋骨，此言不虚。我留在这里，可能永远无法查明真相，不除掉幕后主谋，这辈子都别想安生。更重要的是，林虹母子也受到牵连。

在我的世界我的城市，我有许多安全屋，可在这里，我唯一能够托付他们的地方就是警局。我驾车，一路风驰电掣，把他们载到警局。

林虹坐在后排，紧紧抱着儿子，后者已经吓得嘴唇发紫，说不出一句完整的话。

“现在没时间解释，但你们要相信我，我会处理好一切。我保证，这是第一次，也是最后一次让你们担惊受怕。”

“你要去哪儿？”林虹问道。

“去解决问题。”

“答应我，一定要回来，我还想吃你做的饭，虽然难以下咽。”

“这我可满足不了你，我已经报了料理班，我的厨艺会突飞猛进，你恐怕再也吃不到‘难以下咽’的饭菜。”我说，“下车，走吧。”

林虹带儿子下车，我正准备掉头，听见她敲击车窗。

我落下窗户。

“喂。”她说，“我爱你！”

“我也爱你！”

我目送他们走进警局后，开足马力冲到火车站，买了最早一班通往明城的火车票。

“到哪儿了，亲爱的？”

在火车上，我接到他的电话。“去找你的路上。”

“很好，不愧是我。现在，我给你第二个线索，听好了，妓女。我就在那里等你。”

“趁我找到你之前，赶紧多呼吸几次，你很快就会发现，呼吸是一种奢侈。”

“哈哈，他们给我的资料，说你沉着冷静，这可不像你说的话。”

“他们没告诉你，我还言出必行吗？”

“不不不，这是我的游戏，必须按照我的规则。你如果乱来的话，我就只能杀掉你的老婆孩子。你犯了杀手的大忌，给自己找了一个致命的弱点。”

他说完挂断电话。

一般来说，我们很少乘坐公共交通工具，除非射杀需要。我曾坐在一辆公交车上，在错车的瞬间，居高临下地击毙对面车道上驾驶的目标。我有办法对付火车安检，盛放枪械和子弹的旅行箱有特殊涂层，可以干扰扫描仪，显示出日常家居用品的形状。我看着行李架上的银箱，梳理这半年的经历。

我一直以为有两个相似又不同的世界，我从A世界来到B世界，滞留于此，直到他出现，我才发现还有一个世界——不，既然有一个，有两个，有三个，就代表可能有无数个。三生万物。无数个世界，无数个我。

“他们”打通穿梭于不同世界的渠道，只有找到他们，才能揭开世界的奥秘。

妓女的提醒也与地点有关，张嵩2号曾在明城出差时招妓，那里也是我杀死“自己”的地方。我到达明城，打车去那家快捷酒店。出租车永远是一座城市的八卦集散地，通过司机，可以快速了解城市的大事小情。我刚说出地址，司机就说：“你是外地人吧，那个酒店住不得，上个月刚刚发生命案。”

“我已经预约好,房款都支付了。”

“你要是胆子大就住进去,其实也没什么,只是人们的心理作用,你又不会被分到案发房间,那里还拉着警戒线,想进去都不行。唉!”他煞有介事地叹口气,“我们明城最近怎么回事,接二连三发生命案。不过苏海洋死了,还是大快人心的。”

我的第一反应是明城警方查出公园尸体的身份,试探问道:“苏海洋是谁?”

“明城本土一个开发商,心狠手辣。你猜怎么着,他被人勒死在自己开发的楼盘的样板间中。细节才精彩呢,他被一个女人用丝袜勒死,又瘆人,又解气。”

又一个苏海洋死了。

又一个杀手来了。

我觉得应该是张嵩 3 号行凶。很正常,警方不会披露全部情况,顶多公布苏海洋死讯,剩下就交给臆测和腹诽,发酵成各种城市传说。

我进入酒店大堂,来到前台。

我交出张嵩 2 号的身份证件,前台说我已经订了一间房,就在凶案发生房间对面。那扇门紧闭着,有警察在门口站岗。

我输入密码,按下把手,关上门,他就坐在沙发上等我。

“速度很快呀, 我也是刚烧开水, 冲了两杯茶。别站着,坐吧。”

我们隔着一只圆桌坐下, 他推过来搪瓷茶杯。

“请。”

我迟疑片刻。

“放心啦,我不会在茶里下毒,如果我想暗杀你,你早死三千遍了。他们说你是最好的,所以从成千上万个宇宙找到旗鼓相当的我。我们的生活轨迹最接近，都是杀手。你挺让我兴奋，但现在真让我失望。你身上沾满世俗的羁绊，已经失去敏锐性和观察力。不仅是我，你还被警察跟踪。我帮你解决了一截尾巴。那个胖子，我拉开他喉管的时候还在吃面条，咀嚼后的黏状物淌在他胸口，粘连一片。你早就暴露了。”

他拿出一部手机，点开一段录音。

是林虹的声音。

男声：“女士，您从哪些表现觉得他变了个人？生活习惯不同还是记忆出现偏差？”

女声：“都没有，他对我比以前好了，我能感受出来那种关怀，你能明白吗？他以前连袜子都不洗，现在包揽了我的内衣裤。”

男声：“这是好事儿，说明您丈夫更加珍惜你们的感情。”

女声：“不，你不明白，我认识的他不会做出这种改变。我感受到了他的爱，真诚的爱，可原先那个浑蛋根本没有情感可言。我也不知道怎么回事儿，但我能够肯定他不再是他。我们在一起生活十几年，我太熟悉他了。”

“哈哈，你小心翼翼维护的角色，根本就不被接受。你说你多失败，放着好好的杀手不当，非要扮演一个社畜，而且还失败了。你知道这像什么吗？就像一个自命清高的女人去做妓女，结果被客人挑剔不够好看。”

“你把我约到这里，不是为了嘲笑吧。”

“我可没那么无聊，我说过，我的目的是狩猎你。告诉你一件让我们双方都欣慰又自豪的事情吧，他们给出的了结你的价钱是我目前杀手生涯中最高的。”

“我能问几个问题吗？”

“当然。”

“‘他们’是谁？”

“我就知道你会问这个，毕竟我们从某种意义上来说是同一个人。反正你快死了，告诉你也无妨。”他呷了一口热茶，说，“他们是一群苏海洋。”

我努力不让自己的眼睛和嘴巴张开。

“本来，他们找你只是想除掉这个世界的苏海洋，再安排一个替代品，好像是为了一个什么实验。”

“‘液体’。”我说。

“对，就是‘液体’。不错嘛，看来你已经调查到什么。假如你本本分分杀人，按照与他们的约定返回，就不会搞到今天这么狼狈；如果你偷偷摸摸活着，不把苏海洋的尸体摆出来，也不会被他们追杀。但话说回来，他们也就不会找到我，促成今天的相遇。想想，所有事情都像安排好了，你所做的一切都是为了今天的会面，为了让我亲手杀死你。”

“第二个苏海洋是你杀的？”

“我的任务暂时只有你。”

“那样最好。”

“我已经物色好战场，就在巴黎春天的施工现场。一会儿见！”

他说完离开了。

我很想给林虹打一个电话，告诉她，我爱她，让她等我回来，但我盯着联系人里的“老婆”，始终无法按下。

半个小时后，我赴约。

我通过地下车库入口进入大楼主体，打开旅行箱，将武器当作装饰品佩带在身上，狙击枪、手枪、冲锋步枪、匕首、手雷，把自己武装成移动武器库。大楼已经封顶，虽是毛坯交付，但房间做水泥地面，墙体也刮了一层泥子，门窗安装停当，公共区域开始贴砖,电梯安装并启用,目前主要是做小区绿化和楼体外墙。我搭乘电梯上到顶楼,一层层摸排,就像是玩射击游戏。他一直没有出现,我也没有找到他留下的痕迹。跟我一样,他很小心。躲在暗处的危险最让人恐惧。我来到第 18 层——据说这是购房者比较排斥的楼层, 与 18 层地狱相关联,13、14 也是不吉利的数字,国人鲜有信仰, 但充满忌讳——终于发现一丝端倪,其中一扇门开着一条窄缝。我靠在门口,做了两个深呼吸,用肩膀撞开门,同时压低身体,平举冲锋步枪扫射。子弹扫碎阳台的玻璃,在两边的墙面啃下弹孔,但是没人。我慢慢走进去,查看其他房间。砰。房门骤然关上,与此同时,滚进来两颗手榴弹。我无暇多顾,从窗口跳出去。巴黎春天打着法式建筑的旗号, 外立面做了很多腰线的设计,这一层刚好是腰线层,向外凸出的部分较多。我抠住干挂石材之间的缝隙，垂在墙体。爆炸的热浪从窗口冲出，同楼层的玻璃都被震碎。我用力向上攀缘，再次回到房间，看见地板露出一米见方的缺口。我战战兢兢移动到坑边，向下探望。看见他刚好出现在那里，枪口像眼睛一样望着我。

我连忙躲避，一颗子弹穿过房顶。我用枪扫射门把手，逃离修罗场。

我刚出门，就看见电梯正在运行。我拿匕首撬开电梯门，向轿厢里面扔了一颗炸弹，随即顺着楼道向上跑。爆炸声很快传来。我停下脚步，开始向下。跑回 18 层，停下来，通过连廊，跑到另外一边。整栋楼一共两个单元，每个单元都是两梯四户，东西两边通过连廊拼接。我通过楼梯回到车库，在几根承重柱之间快速移动，寻找最佳角度，瞄准坠下的电梯。电梯门被撞开了，没有尸体。我就知道这场较量不会这么草率地收场。他一定也有所察觉。是啊，我们拥有接近的想法和技能，我现在想的事情也是他思考的内容。这个念头刚刚形成，我就听见枪声响起，子弹射中我藏身的石柱，凿掉拳头大小的石块，溅起的飞尘眯了我的眼睛。我赶紧矮身，绕到石柱另一侧，举枪还击。但是我的视线模糊，根本无法瞄准，我只好抛出一颗炸弹，腾起的火光和烟雾触发了车库的消防系统，我用喷下的水清洗眼睛。再次陷入安静。我想起手机，他曾给我打过两个电话。我回拨过去，铃声响起，是那首歌，林虹钟爱的歌。

前世故人，忘忧的你，

可曾记得起，

欢喜伤悲，生老病死，

说不上传奇。

…………

俗尘渺渺，天意茫茫，
将你共我分开，
断肠字点点风雨声连连，
似是故人来。

我愣怔一下，朝着声源的方向射击，却没有回应——我想到的，他应该也会想到。果然，手机孤零零地躺在磨砂地面，它的主人不翼而飞。

糟糕，我连忙撤离，但为时已晚。他锁定了我，倾洒一片平行于地面的弹雨。我的肩膀被子弹咬了一口，鲜血直流，顿时洇红半条胳膊。我咬紧牙，试着还以颜色，不能让他的火力一直压迫，否则我很快就会被他打成筛子。

他知道我在考虑什么，我也了解他的想法。我们就像下棋，他已经占据上风，肯定不会轻易让我缓过来，应是全部压上，置我于死地。我的手一松，枪落在地上，我顺着石柱滑倒，半躺着露出双脚。

保险的做法是，他继续保持火力，直到把我的脑袋轰掉，但他喜欢冒险。他停止射击。我能听见他靠近的脚步声。我提醒自己放松，不要动，只有失去反抗才有可能触底反弹。他走到我身边，踢开我的枪，指着我的脑袋。

“你不过如此啊，狩猎结束。”

我快速抓住枪管，用力一拧，想要卸下他的武器。他没有用蛮力与我争夺，而是顺着我的力道转动。我站起来，抬起膝盖撞击他的小腹。他只好弃枪，用双手挡住我的膝盖。我夺了枪，左右手一错，把枪口对准他。他伸手攥住枪托往上托举，子弹射进通风管道。我们同时用力，长枪从我们手中脱离，打着转落在一旁。我们同时掏出手枪，但都没有找到射击的机会，只是把手枪当成冷兵器使用。几个回合下来，他卸了我的弹匣，我拆掉他的枪管。我们身上的武器只剩下匕首，他一定跟我一样，想要肉搏。我慢了半拍，让他率先抽出匕首，锋利的刀身刺入我的胸口，我顺势抓着他一起倒地。我摸到地上的石块，用力砸向他的脑袋。他仿佛被定格，睁大眼睛望着我，血水从他的额头缓缓淌下。他扑在我身上，不再动弹。我用力推开他，他的手死死握着刀柄，翻过来的时候把匕首带了出来。我咬着牙，撕开衣服，简单包扎伤口。

我收拾枪，缓慢离开现场。

那首歌再次响起。

我走过去，拾起电话。

“把人杀死没有？”

“杀死了。”

“还有个活，你接不接？”

“有钱赚当然可以。”

“再杀个人。”

“谁？”

“苏海洋。”他说，“你去找一个叫宋玉的人，他知道苏海洋在哪里。我把他的资料发过去。”

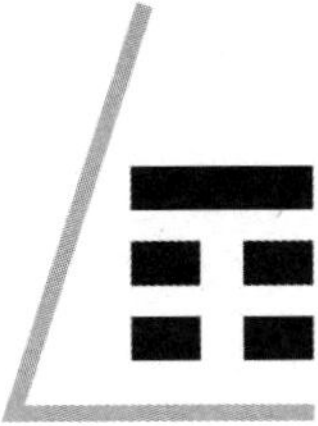

王越归队，冀渊归西。

林迈多想亲自过去，但他根本脱不开身，只能派王越把冀渊接回来。方灵亲自上阵，解剖冀渊的尸体。致命伤位于颈部，那一刀割得很深，喉管和气管都被拉断了，整个脑袋向后耷拉，如果不是椅背支撑，后脑很可能贴住后背。方灵检查了肌肉、血液、骨骼、内脏，从胃内容物和肠内容物里面挖掘出尚未消化殆尽的面条。得知冀渊被害之时，林迈没哭；看见冀渊冰冷的身体，林迈没哭;那些纠缠不清的糜状物却让他号啕不止。如果他没有任命冀渊负责这个案子,如果他没有把他派到安市,如果他当时让冀渊返回明城,一切都不会是现在这样。冀渊仍是一个活蹦乱跳的话痨,解剖台上的尸体看上去非常瘦弱,怎么也不能跟大腹便便联系在一起。

“死法与快捷酒店的无名尸如出一辙,都是用利器划开脖颈,再深几寸,冀渊的脑袋也会被削下来。”方灵小心翼翼地缝合胸腔和脖子的伤口,针脚细密而均匀。这是她对死者最后的尊重。不管死者生前如何,到她这里一视同仁,人活着已经被贴了太多标签,而那些标签也会随着生命的逝去而飘落,“基本可以推定,三起断头案是同一人所为。”

“怎么会这样?”林迈悄声道,“是我害了冀渊。”

“如果这么想能让你心里好受一点儿,尽管

自责吧。”方灵没有安慰林迈，她摘下乳胶手套，填写验尸报告。

林迈非常羡慕方灵，可以做到理性甚至是无情，她就是一台人形机器，冷静而高效。曾几何时，林迈也讨厌多愁善感，可是随着年龄增长，随着阅历加深，他越来越珍惜身边的战友。关键是，他不知怎么跟冀渊的家人交代，他的父母尚在，要承受白发人送黑发人的暴击，他的女儿则要品尝失去爸爸的滋味，最惨的是他的妻子，没有了冀渊这个大胖子，双人床一定非常宽敞，宽敞得能够容纳源源不断的悲戚。

即使从解剖室出来，走到阳光下，林迈仍然觉得浑身发冷，好像整个人间都变成苏海洋和宋琪的案发现场，刺骨且无处可躲。

“宋琪死前遭遇性侵的事情，王越有没有说什么？”方灵问道。

“没有。”林迈在考虑要不要把雪人告诉方灵。

“现场有弹壳和弹痕，应该是王越开的枪吧，所以他肯定见到了凶手。”方灵说，“俗话说，吓死人不偿命，但他还是凶手。”

“方灵，你相信世界上有神明鬼怪吗？”林迈问道。

“王越看见了什么？”

“应该问，宋琪看见了什么。”林迈说，“什么能把一个活人吓死？”

“宋琪已经死了，王越还活着。”方灵提醒林迈。

“我在想，也许不同的人看见的东西不同。”林迈知道这不是一个好方向，但他还是忍不住替王越打掩护，没有法官会相信雪人。事实上，他也有些怀疑，但被冻裂的红酒瓶、封死房门的冰层，又是不得不直面的证据。“或者说，世界上真的存在神明鬼怪,拥有超越常人认知的恐怖力量，可以点石成金,也能改变天气。除非所有队员都出现精神问题，否则无法解释奇冷无比的案发现场。或者,干脆就是外星人为非作歹,像你说的,外星人既然能降临地球,肯定拥有远超人类的科技,也许它们制造出极寒就跟我们打响指一样简单……”

“我们之前讨论过这个问题，我认为没有深入的意义,猜测只会让我们越来越偏离现实。我记得你是坚定的无神论者,任何时候,都不要怀疑自己的信仰。”

“可是,我没办法笃定！”

“王越到底看见了什么？”

“雪人！”林迈终于没有忍住,跟方灵透了底，“他看见了雪人,不是什么喜马拉雅雪人,就是雪花堆出的雪人。宋琪是被雪人吓死的,苏海洋也是被雪人所杀,所以现场冰天雪地,没有留下任何指纹!”

“监控画面并没有拍到雪人。”

“我知道,我知道,医院入口的摄像头也没有捕捉到任何异常，既然我们相信雪人的存在,有什么理由质疑它不能像阵风似的从窗口刮进来?”接二连三的凶案一步步把林迈逼退到悬崖边,他感觉只要再向后半步,就会掉落无尽深渊,“我咨询过专家,我们可以用外星人手结案,至少比外星人更能让领导和民众接受。还有,加油站的监控,拍到从案发现场驶离的那辆卡宴的司机是苏海洋。两个苏海洋,是真的。”

“那又怎样?”

“什么?”林迈反而愣住,他本以为雪人和两个苏海洋会击垮方灵的世界观,毕竟他们生活的世界不可能出现以上两种情况。

“我坚信任何奇异现象背后都有一个科学解释，只要深入调查，一切都会水落石出。”

“要么是幻觉，要么是外星人，要么是神仙妖怪，我也不想承认这些乱七八糟的东西，可是眼见为实，结冰的案发现场以及两个苏海洋都是我亲眼所见，你让我怎么说服自己？”林迈抓了抓油腻腻的头发，重重叹了口气。

“冀渊呢？杀害冀渊的凶手也是外星人？你去跟他家人解释，看看能不能说服他们。林迈，我知道你压力很大，但这不正是我们选择的路吗？等一切结束，我们看场电影吧。”

林迈掏出烟，吸了一根，思绪就像吐出的烟雾一样缥缈，抓不住，什么都抓不住。

“给我也来一根。”方灵突然说道。

“你什么时候开始抽烟了？”

“现在。”方灵被呛得直咳嗽，林迈劝她放弃，方灵却坚持吞食完整整一根香烟，“这是我第一次吸烟，不过如此嘛。对我来说，香烟代表未知，从这一刻起，我征服了它。”

“谢谢你，方灵。”林迈体会到方灵的良苦用心。

“谢谢你自己吧，那个让你骄傲的自己。”方灵把烟头放进垃圾箱上方的烟灰缸，笑着说，“抽烟的事，替我保密。”

林迈想起王越的话：“你们共事时间长，你见过方警官笑吗？”

现在，林迈可以大方承认，我见过！

林迈并不准备把这个秘密告诉王越，他想要珍藏在心底，盖上一层细细的白沙，只在夜深人静的时候悄悄拨开遮蔽物，偷偷回味。

毫无疑问，张嵩嫌疑最大，王越回到明城，跟林迈汇报,却提供了张嵩的不在场证明。案发之时,冀渊正在跟林迈通电话,因此有精确的死亡时间。在那个时间段,张嵩正在出席公司会议,并且作为部门代表发言,在场二三十名员工都能做证。

如此一来,应该彻底撇清张嵩的嫌疑,他总不能一边开会一边行凶,除非有两个张嵩。两个张嵩,两个苏海洋——林迈突然觉得“6·19”案和“7·26”案有了共通之处。

“见到张嵩的妻子没?”林迈让王越上了他的“房车”,点火启动。

“没有,我就按照你的指示调查张嵩,他妻子有问题吗?”

“当地派出所接到过他妻子报案,说张嵩似乎变了一个人。”林迈说,“我在想,她或许知道什么内幕。”

“变了一个人？什么意思？”

“不清楚。”林迈没有跟王越透底。

“我们现在去哪儿？”

“去市局，方灵让我过去一趟。”林迈车开得很稳，双眼直勾勾盯着前面。

“我开夜车跑回来的，太困了，先眯会儿。”王越说着身子一矮，脑袋一偏，眼睑落下帷幕，没一会儿就响起了轻微的鼾声。林迈担心路上的嘈杂吵到王越，便关上车窗，副作用是车内急速升温。正是一年最热的时节，汽车又在公路上全方位地享受着太阳烘烤，车厢与桑拿房无异。林迈身上立刻变得黏腻，过去十几天，他平均三四天回家洗个澡，换身衣服。他不敢开空调，他害怕一旦冷风吹进来，桑拿房就会不受控制地降温，变成冷库，门窗被冻结，血液结晶，刺破血管。王越竟然没被热醒，要么是他太困，要么是他也怕冷，比林迈更怕冷，他毕竟躺在冰冷刺骨的病房，差点儿休克。

到了市局，王越还在睡觉，林迈把车停好，车窗落下一截透风，留王越继续休息，自己上楼跟方灵会合。

刑侦支队拥有公安系统最前沿的科技手段，他们把所有与案件相关的证物全部重检，有了新发现，与两个案发现场的粉色晶体有关。他们把报告拿给方灵，由后者与林迈对接。

“晶体的具体特征还没有搞清楚，但是在其表面提取到指纹。”方灵告诉林迈，“巴黎春天样板间和人民医院病房的晶体表面都有，经比对，可以确认与死者苏海洋的指纹一致。”

“怎么可能？”林迈脱口而出，“样板间的晶体还能理解，病房怎么解释？难道苏海洋死而复生？”

“我只陈述事实，不做假设。”方灵说，“他们找明城最顶尖的物理研究机构，仍然无法检测出这种晶体的结构组成，他们目前得出的唯一结论是：‘这玩意儿看上去不像是地球上的产物。’原话如此。”

方灵向来不苟言笑，跟她开玩笑就要做好冷场的准备。“玩意儿”从她嘴里说出来有种奇怪的感觉。

“有没有可能，这玩意儿能让人产生幻觉？”林迈学着她的发音，“比如说王越看见的雪人。”

“我不知道。”方灵不知为不知，“但是现场的超低温不是幻觉，如果要做假设，我更倾向晶体与温度变化有关。还有，技侦支队的同事们加班加点梳理苏海洋的人际关系，找出从他出生到死亡所有记录在案的资料，我敢说，现在他们比苏海洋更了解苏海洋。”方灵把一只厚厚的牛皮信封交给林迈。

林迈迫不及待地打开，快速浏览。

“我已经看过，帮你提炼一下重点。”方灵说，“第一个重点是宋玉，海洋地产的行政经理，苏海洋面前的红人。他跟宋琪是情侣。有员工爆料，宋玉为了向上爬，不惜把自己的女人推到苏海洋的怀中；也有人说，宋琪爱慕虚荣，踢掉宋玉，主动向苏海洋投怀送抱。不管怎么说，宋玉和宋琪的关系不仅是同事。”

林迈迅速在脑海里厘清纠缠的三角关系，他更倾向于宋玉和宋琪是一对璧人，宋琪为了宋玉的前程主动向苏海洋献身。有没有可能，宋玉为了报复苏海洋，将他杀害？另外，苏海洋死在样板间，驾车逃离的苏海洋又是谁？到底有几个苏海洋？“一个，两个，三个……”林迈想起宋琪的喃喃自语，以及那则“变了个人”的报警通话记录。

"你还记得之前那两具被砍掉脑袋的尸体吗？两具尸体其中有一具与苏海洋的身高体重相仿，做一下DNA比对。我怀疑，那个人也是苏海洋。"林迈说，"我要跟陈局请示，建议并案调查。"几起案件发生以来，他一直被动应战，是时候主动出击了。

"我还没说第二个重点。"方灵说，"宋玉这几天跟一个陌生号码有过频繁的通话。"

"宋玉一直在跟苏海洋联络，为他提供消息！"林迈立刻申请传唤宋玉，一定能从他身上挖出线索。

林迈打电话叫醒王越，后者显然尚未清醒，问了几次才明白林迈让他控制住宋玉。

现在唯一的希望落在宋玉身上。

希望王越不要让他失望。

林迈回到车上，闻见一股馊味，从副驾驶的

脚垫下面，发现一杯干结的豆浆。车里太脏了，他把东西一股脑儿收拾到后备厢，开到附近一家洗车店，想着趁吃午饭的工夫，简单收拾一下车内外，顺便从店里买了一盒香氛，放在中控台上。在他前面，还有四五辆车排队，林迈就把钥匙交给店员，自己去附近找一家快餐店吃饭。他点了一份面条，刚刚夹起一筷子，便想起冀渊，瞬间失去胃口，掏出手机，问王越进展。

"宋玉不在家，也没有上班。"王越说，"我去房产公司了，同事说他昨天还在正常工作，今天没请假，也没出差。"

"他的电话能打通吗？"

"试过了，能接通，但是无人接听。"

"继续找。"

宋玉也许是下一个目标。

林迈再也等不下去了，他结了饭钱，回到洗

车店，想把车开走，试了半天，却打不开车门。原来这辆车与林迈的车是同款，并且也是脏兮兮的，乍看上去，很容易搞混。林迈找到自己的车，打着火，准备去找技侦支队调查宋玉的下落。他突然想明白一件事情，从案发现场逃走的苏海洋，或许并不是凶手，而是被杀害的对象。现在基本可以肯定，至少有两个苏海洋，不妨大胆一点儿，假设有多个苏海洋。他们知道彼此的存在，甚至可能聚在一起。他们于半年前谋杀了苏海洋，找另一个取而代之，如今不知出于什么原因，想要把替代品也除掉。但是他们没有得手，反被对方杀死一个。那个苏海洋从样板间匆匆逃走，驾车离开。监控没有拍摄到其他几个苏海洋进入和离开售楼部的画面，他们一定有特殊的渠道进入房间；医院也一样，王越所谓的雪人是凭空出现。他们似乎拥有穿墙透壁的超能力，考虑到伴随他们到来而降低的室温，他们的超能力不止这一种。死里逃生的苏海洋知道他们的特殊本领，不管躲在哪里，都不安全，只要他们发现他的藏身之地，就算是拥有数道密封门的银行系统，或者拥有重兵把守的监狱系统，对于他们都是形同虚设。避免被他们锁定的方法就是“居无定所”，甚至不停移动。苏海洋为什么要频繁去加油站？他没有离开明城，也没有藏起来，而是一直开车在路上！早先已经调动派出所民警对明城住宿场所进行大范围摸排，包括酒店、小区以及城中村的月租、日租房，都没有发现苏海洋的踪迹。现在看来，他根本就没有住宿，而是一直在车上，就像电影《海上钢琴师》里的主人公，从未上岸。苏海洋知道卡宴过于招摇，而且临牌很快到期，所以在加油站换车，而提供车辆的正是宋玉！

“查一下宋玉名下有几辆车，车型和车牌分

别是什么。”

林迈立刻给局里的技术部门打电话，让他们跟交警队联系，很快得到反馈——宋玉名下有两辆车。林迈联系王越，跟他会合，后者刚好去过宋玉的家里，他们结伴再去一趟，查看有无车辆。他们来到小区物业办公室，得知宋玉购买了一个车位，租用了一个车位。

根据物业提供的信息，他们来到地下停车场，其中一个车位空置，另外一辆车停在车位上。林迈示意其他兄弟站远一点儿，他跟王越，一人一边溜到汽车两侧。他们压低身子，慢慢靠近。车窗都贴着膜，看不清车内。林迈靠在车门处，试着去拉门把手。车门没有上锁，咔嗒一声开了，宋玉的躯体随即倒了出来。林迈试了试他的鼻息，已经身亡，尸体温热，死亡时间不会太久，很可能凶手并没有走远。

“妈的！”王越骂道，“就差一步。”

“嘘。”林迈看了王越一眼，没有责怪他，只是让他安静。林迈伸出手，打了一个手势，让王越带人封住出口，包括电梯和车库出入口，“所有车辆禁止离开。”

林迈刚下达指令，就有一辆汽车尖叫着冲破刚刚设立的人肉关卡，其中一位兄弟躲闪不及，被剐蹭到。林迈顾不上照顾他，把宋玉的尸体搬下车，招呼王越上车，连忙追出去。林迈知道这不合规，且不说未经允许（恐怕也无法征求对方意见）私自开走他人车辆涉嫌盗用，车内刚刚发生了凶杀案，他这么做无异于破坏案发现场，这是他最忌讳的事情。

“联系交警队，让他们盯住那辆车。”林迈喊道。

“明白。”王越说，“我跟他们说，在主路口设置关卡，一定把这孙子拦下来。”

“不。”林迈否定王越的建议，“跟上他就行，不用拦截，他是我们的引路人。”

“我懂了，他的目标不是宋玉，而是苏海洋。他会带我们找到苏海洋。”王越笑着说，“怎么样林队，我跟上你的逻辑了吧。”

林迈望着王越，没有说话。

“林队，看路，别看我。”王越连忙提醒林迈，他们现在可是超速行驶在城市主干道上。

林迈又踩了一脚油门，连闯两个红灯，撞翻三个街边摊，还好没有伤到路人。我一定要抓住他，他们。林迈心里只剩这一个念头。

眼看着，距离目标车辆越来越近，林迈刻意放缓速度。

方灵的电话打进来，林迈掏出手机，一手开车，一手听电话。王越几次都吓出惊叫，让林迈不要分心。

“你到现场了吗？”林迈抢白道。

“还没有，我刚离开解剖室，正在往那儿赶。”方灵告诉林迈，“你猜得没错，城市广场公园发现的尸体与苏海洋的DNA吻合，快捷酒店的死者与张嵩的DNA吻合，凶手应为同一人。”

“我已经看见他了。”

“谁？”

“张嵩！”

08

他看见我了。

那个警察。

他死死地追着我。作为杀手,驾驶技术跟射术一样重要,我们需要跟踪以及逃命。

我不想跟他纠缠,猛踩油门。但是我在这座城市待了没几次,根本不熟悉路况。还好对方咬得不是很紧,让我有时间整理思路。“他们”是一群苏海洋,最初向我下单的就是他们,我按照规定杀死明城地产商苏海洋,新的苏海洋补位。现在,他们又找了另外一个我来对付我。我冒充他,找到补位苏海洋的接头人,拷问到苏海洋的藏身之处。准确地说,根本没有这个藏身之处,他一直开着车,在环路移动,只有加油的时候才会暂时停泊。我用匕首抵住他的脖子,让他跟苏海洋联络,约见的地点就位于南环路附近的一座加油站。抓住苏海洋,才能接近"他们"。

我把车停在加油机旁。

"请问加多少?"

"加满。"我边说边望,看见苏海洋抱着一袋子零食和瓶装水从便利店出来,他的左臂外侧有一道长长的划痕,非常明显。他跟我之前见到的判若两人,胡子拉碴不说,精神状态完全垮掉。他看见我,疯一样跑回便利店。他完全没有意识到,这么做是为我制造便利。

我向门口走去,一辆汽车急停在我跟便利店

之间。

车门打开，是那个警察，跟他一起下车的还有他留着圆寸的同事。

“张嵩，”他竟然知道我的名字，“不许动。”

我当然不会乖乖就范，是他自寻死路。

圆寸掏出手枪。

“你疯了，加油站不能开枪。”他把同事的手枪压下来，从后腰间取出一副手铐，向我走来，“我不管你来自哪个世界，在我们这里，必须遵守我们的法纪法规。”

“你能找到我，看来对这件事情做足了功课。那你应该知道，你们两个根本不是我的对手。现在走，我放你们一条生路。”我指着便利店，“我的目标是他们。”

“别说我们两个打一个，我自己就能把你收拾得没脾气。”圆寸叫嚣着朝我走来，被他拉住。

“小心。”他说。

我向前蹿出一步，抬脚去踢圆寸的胸口，后者被他拽了一下，躲过一击。我的双臂都有伤，否则我刚才可以顺势打出一拳，这个目中无人的小子就会躺在地上跟我说话，如果他还能说话的话。我抄起匕首，强忍着痛，发起一阵猛攻。我想要速战速决，拖延越久，对我越不利。他们拥有强大的支援，我可是单兵作战。伤口不仅影响了我的力道，速度也因此减缓。在他们两个的夹攻之下，我并不占优势。这样下去，不用等大部队，他们两个人就够我喝一壶。

我且战且退，跑到加油机附近，从店员手里抢过加油枪，冲着他们二人喷射。这一招奏效了，他们远远躲开，不敢上前。不过，加油枪很快不再出油。我只好把枪扔出去，转身跑开。加油站内设一间全自动洗车屋。我没跑多远，就被那个警察扑倒。我转过身，用脚踢开他，刚站起来，他又把我扑到一辆刚刚进入洗车屋的汽车屁股上，我们两个人随着汽车，进入里面。滚动的清洗设备把我们裹挟，高压水枪滋出的水柱让我睁不开眼睛。我们趴在车顶，还不忘相互推搡。等我们随着汽车驶出洗车机，立刻扭打在一起。他大声喊同事过来帮忙。我骑在他身上，掐住他的脖子，亢奋的情绪让我暂时忘却痛楚，爆发出惊人的膂力，我坚信，只要给我一分钟，我就能结果他的性命。之前，我还寄希望于警察帮我破解苏海洋的谜题，看来最终还是要靠自己。

圆寸从背后冲过来，打开吸尘器，吸住我的头发。我用力挣开，手上的力道卸除。那个警察立马撬开我的双手，一边大口呼吸，一边把我推开。圆寸接着使用吸尘器的软管勒住我的脖子。我把左手塞进脖子跟软管之间，努力格挡，同时用右手去摸腰间的匕首，还没来得及刺向圆寸的腰腹，就被那个警察赶过来，用双手牢牢攥住我的手腕。他用力一拧，匕首从我手中脱落，掉在地上，铿锵有声。我双脚蹬地，向后一跃，把圆寸带倒，重重压在他身上，束缚在我脖子上的软管随即松开。我站起来，快速向便利店跑去。圆寸倒地不起，那个警察紧追不舍。店员看见我们满脸是血，都吓了一跳，躲在柜台后面尖叫着，不敢出来。我四下查看，没有发现苏海洋，但我看见货架一端洒落一地的商品，那里有一条走廊，上面挂着卫生间指示牌。就在这时，那个警察闯进来了，还真是阴魂不散。我的工种有时也会跟警察打交道，总有人出钱买他们的项上人头，我跟几个警察交过手，他们的意志力和身体素质堪忧，不像这家伙，像条疯狗一样甩不脱。我随手抄起货架上的一罐红牛，朝他扔去。他躲闪开，向我发起冲锋。我没有跟他硬碰硬，而是绕到货架另一边，一脚踹倒货架，企图把他砸趴下。他竟然用后背抵住货架，推到我这边。我连忙矮身躲避，货架顶端撞上相邻的货架，支起一个直角三角形，不过货架上的货品全都泼落在我身上，几乎把我掩埋。我艰难地爬出来，他就在旁边以逸待劳，终于用手铐锁住我的双腕。

“你抓错人了。”我告诉他，“杀死苏海洋的是苏海洋。”

“对啊，杀死张嵩的也是张嵩。”他坐在地上，背靠着倾倒的货架，大口喘着粗气，“你跟苏海洋到底什么关系？”

“哪一个？”

“每一个。”他站起来，俯视着我，“没关系，你现在不用着急交代，等我把你带回局里，你有足够的时间慢慢回忆。”

他的圆寸同事跌跌撞撞走进来，两个人一左一右挟制住我。

我知道这次在劫难逃，我既没有搞清楚“他们”的阴谋（“液体”行动的本质），也没能全身而退。作为杀手，我无数次地想象过死亡的场景，这对我来说并不陌生，甚至还有些亲切，终于不用担心未知的危险和恐惧。换作以前，我毫无留恋，也不会挣扎，可是现在不同，想到再也见不到林虹，我竟然有种想哭的冲动。

眼泪，多么陌生的眼泪。

眼泪，也是一种液体。

他押解我往外走，圆寸去厕所揪出精神恍惚的苏海洋，我们一行人走到门口，我突然感到一阵刺骨的寒冷，随即看见赤身裸体的苏海洋，两个。

我的目光被那两个苏海洋吸引，没承想耳旁

爆出一声沉闷的炸响，按在我肩膀上的力气遽然松懈。我扭头看见，圆寸手里握着一截瓶颈，瓶身已经在押解我的警察脑袋上开花。我能理解他晕倒之前困惑的眼神，因为我也同样困惑。

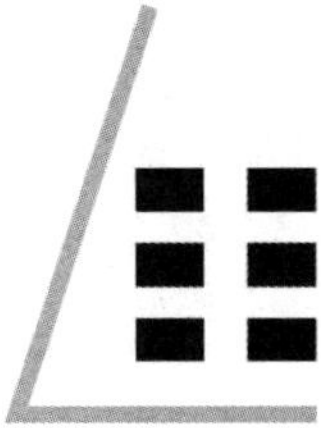

据不完全统计，世界上每天有十六万人死亡，大部分因病离世，还有一部分死于交通事故等各种意外，以及自杀和谋杀。苏海洋的死却难以定性，是自杀，是他杀，也是意外。

至此，谜团已经部分解开。林迈沉入一场芜杂的梦中，他努力睁开眼睛，只看到伸手不见五指的漆黑。片刻，空中落下一些金色的偏旁部首，就像俄罗斯方块，在地上形成一行行文字，按照案件发生的时间线，织成一个复杂又繁密的故事。

目前来看，至少存在五个苏海洋，相应地，也存在五个平行世界。假设他所在的世界为世界A，另外四个分别是B、C、D、E，他们招募张嵩（可能来自世界B、C、D、E），把他送到世界A，杀死苏海洋A，苏海洋B（也就是眼前蓬头垢面、精神恍惚的苏海洋）取而代之。不知出于什么目的，张嵩储存尸体，半年后将其曝光，之后他杀死世界A里的张嵩。以上，是他之前跟的两起案件。另外三个苏海洋（C、D、E），进入样板间，想要杀死苏海洋B，结果反而损兵折将，苏海洋B驾车逃跑。宋琪是无辜的，受到牵连，“一个，两个，三个”也对应上了，脑部遭受物理打击，再遇到精神刺激，以至于被雪人吓死。不，没有雪人，能够吓死宋琪的是曾经想要夺走苏海洋B性命的三个苏海洋，后来剩下两个。

过了一会儿，落下的字块再也拼不出完整的语句。

渐渐，光涌入，伴随而来的是疼痛与寒冷，便利店的饮料和饮用水全都冻实，林迈眼前正好有几块粉色晶体。

他躺在地上，看见王越捏着两张纸巾，掏出张嵩的手枪，之后擦净上面的指纹。林迈见状明白了，王越是想杀了他，栽赃给张嵩；同样，王越可以依法炮制，用林迈的手枪杀死张嵩，造成他们同归于尽的假象。

便利店只剩林迈、张嵩和王越，还有一个几乎疯癫的苏海洋。另外两个裸男不见了踪影。苏海洋盘腿打坐，嘴里念念有词，语速很快，声音又小，听上去含混不清。林迈听了半晌，才择出几句话“人法地，地法天，天法道，道法自然”“五色令人目盲，五音令人耳聋，五味令人口爽，驰骋田猎令人心发狂,难得之货令人行妨”。这是《道德经》里的名句,苏海洋在背诵道家典籍。

林迈的脑袋被凿得不轻,担心的事情终于发生了,王越背叛了自己;或者说,背叛了正义。其实,从王越说出还有一个苏海洋的时候,林迈就坐实了之前的猜测。除了方灵,没人知道驾车逃跑的正是苏海洋。王越知道,只能说明他了解内情,有人跟他交了底。

“林队,对不起。”王越突然递话,“我骗了你。根本没有什么雪人,我在病房看见两个赤裸的苏海洋,就跟你刚才看到的一样。他们答应给我一笔钱,可以全款在二环买下一套三居室。我太需要那套房子,没房子我结婚就充满变数。我知道你肯定难以理解,如果你跟我一样试着靠工资买房就能对我的无奈感同身受。别怪我,要怪就怪房价涨得太他妈离谱。”

“他们俩呢？”林迈没有听进去王越的解释，他只关心案情。

“这就是你，你眼里只有案子，案子，案子，死到临头，这些还有什么意义？”

“他们俩呢？”林迈再次问道。

“我们在这里。”两个苏海洋走进来，套上一身加油员的工装，其中一个苏海洋向前走了一步，“所有的事情都将画下句点，你有什么想问的尽管开口。”

“为什么会冷？”

“我以为你会问如何在不同世界之间自如穿梭。”

“你可以先回答这个问题。”林迈顺着他的意思说。

“在我们的宇宙之外，存在着数之不尽的平行宇宙，我们的宇宙和其他宇宙处在同一个膜空间，只是这个膜空间来来回回被折叠了很多次，形成很多层，每层都是一个平行宇宙，每层之间都隔着额外维。额外维也许只有一毫米，但是不同层面上的物体隔得非常遥远，光不能透过额外维，只能沿着折叠的膜空间传播信息。[①]膜空间的折痕可能超过几百亿光年，顺着膜的表面运动，我们永远不可能来到其他宇宙，但是我们找到了穿透膜的方法。你刚才的问题是什么来着？”

“低温。”林迈提醒他。

“两个问题，一个答案：因为第五种形态。在我们的世界，一共找到六种物质形态，分别是气

---

① 文中关于膜与额外维的设定参见文章《看不见的宇宙维度》，作者尼玛·阿卡尼哈麦德（Nima Arkani-Hamed）、萨瓦斯·季莫普洛斯（Savas Dimopoulos）、乔吉·杜瓦利（Georgi Davli），译者王浏诚。

态、固态、液态、离子态、玻色-爱因斯坦态、费米态。其中，玻色-爱因斯坦冷凝物是指一组被冷却的原子，由于温度降低，导致量子力学的不确定性加大到了原子之间，可以在任意宇宙的任意地点穿梭。只是无法携带任何身外之物，如同新生。低温是物体转移时的物理现象。瞬间转移需要消耗巨大的能量，由一种特殊的晶体提供，那里面锁住的是暗能量。”

“‘液体’是什么？”张嵩不知何时醒来了。

“‘液体’是一个实验、一种想法，我们计划让人生流动起来。每个人只有一种人生，很多时候，想要冒险，又有太多心理负担。我们提供了不同的人生选择，每个人都可以选择另外一种人生。最重要的是，当人体处于玻色-爱因斯坦态时，意识也可以流动，我们希望所有宇宙中每个个体的意识都能流动起来，感化贪念与恶行。正所谓，上善若水,水善利万物而不争。我们在做的是平均所有人的意识。”

“所以你们杀了不良地产商苏海洋，换了一个货车司机？但是没想到,他竟然重蹈之前苏海洋的覆辙,于是你们亲自来杀他。”林迈想到于北冥之前说过,苏海洋找他治疗心理疾病,看来当时的认知干扰已经形成,不断在苏海洋大脑发送信息,不断纠正他的人格。

“这证明人性曲折迂回，单靠意志力远远不够,更需要人为的干涉,从生物层面修改人类大脑的认知。平心而论,你能做到绝对的善良和勇敢吗？你们难道没有想过过另外一种生活？你,”他指着张嵩,“不就是杀死另外一个张嵩,想要霸占他的生活吗？”

“每个人想过什么样的人生是他自己的选择,他可以通过改变自己实现,而不是像拍电影一样，扮演某个角色。至于人性的善与恶，更不用你们去平均，如果每个人都具有一样的心智和好恶，那才是这个世界的末日。”林迈一边说话，分散他们的注意力，一边抓住粉色晶体。

“能说的，我都讲了，就这样吧。各位，一路平安。”他说完示意王越动手。

林迈将晶体掷向持枪的王越，扑过去，与他扭打在一起，手枪落在地上。

与此同时，张嵩倒在地上，蜷起双腿，钻过背后的手铐，去抓手枪。枪被王越抢先一步踢远，恰好落在念经的苏海洋腿边。他愣了一下，捡起手枪。

“五色令人目盲，五音令人耳聋，五味令人口爽，驰骋田猎令人心发狂，难得之货令人行妨。”他一遍又一遍大声诵读，朝着四面八方开枪，击中门外的加油机。林迈脱离与王越的纠缠，推着张嵩躲在柜台下面。爆炸随即发生，瞬间淹没整个加油站。刚才还是瑟瑟发抖的严寒，立刻变成汗流浃背的炙热。

林迈再次晕过去。

这次他没有沉入无尽的黑暗，而是飘行于云端。

但他可以确定，这个世界上没有神仙鬼怪，一切不合理的诡异现象，背后都有着需要人们追逐研究的科学依据。科学，永远是驱动世界发展的核心生产力。任何时候，都不能怀疑。怀着这种信念，当他在云端遇见另外一个自己，也不觉得奇怪。另一个自己看上去一脸疑惑，自言自语："到底是谁呢？谁泄露了宋琪在医院的消息？"那个自己回头发现他，一拍脑袋："原来如此。"林迈遽然下坠。

下坠。

下坠到病床。

他缓缓醒来，方灵就坐在病床旁边，两个黑眼圈仿佛烟熏妆。

“你醒了，我去叫大夫。”方灵猛地站起，以手扶额，闭上眼睛。

“别我刚醒，你又晕倒，先坐下吧。”林迈感觉很空，提不上来力气，费劲说道，“比起病情，我更关心案情。”

“加油站爆炸了，幸亏周围没有什么建筑，只有财产损失，没有人员伤亡。哦，除了便利店里面发现的两具尸体。经证实，其中一具是苏海洋，另一具是王越。”

“我终究没能挽回他。其实，我们都有各种各样的缺点，冀渊贪吃，王越好色，都无伤大雅。就连我，我也做不到绝对的善良和勇敢。”

方灵摇摇头。“王越是好色，但我们误会他

了。他并没有性侵宋琪，比对宋琪体内的精液，显示来自宋玉。他来医院看望过宋琪，与失去意识的她水乳交融。”

林迈叹了口气，很多事情，总是容易走入想当然的思维误区。

“对了，我知道是谁把宋琪住院的消息透露出去的。”林迈说，“于北冥，他一直在关注‘7·26’案。”

“回头再说吧，你需要休息。”方灵敦促他躺下。

可林迈怎么也闭不上眼睛，案子还没有结束。“现场只有两具尸体吗？应该有四具。你听我说，我一共见到三个苏海洋。”

“现场找到两身被烧毁的工装，我想他们金蝉脱壳，或者瞬间转移。身体太快，衣服没有跟上。”方灵说了一句俏皮话。这是林迈认识方灵以来，她第一次主动炮制轻松诙谐的句子。“总之，他们落荒而逃。我想暂时不敢再回来了。”

“张嵩呢？”

“他没有死，在重症监护室。我见到他的妻子了。”方灵轻轻地说，“看得出来，她很爱他。”

现在的氛围正合适，快点儿跟她表白。林迈给自己打气，好不容易提起信心，病房门开了，是陈斌。他匆匆忙忙跑到床边，大煞风景。

“你小子终于醒了。”陈斌兴奋地搓着手说，“这次案子办得不错，真给我长脸，没有辜负我对你的期待和信任。你好好休息，什么都别想，报告我来编，哦不，我来编纂。”

“你过来看我就是为了说这件事？”林迈掐死陈斌的心都有。

“当然不是，我给你送信来了。”陈斌这才注意到方灵，“方警官原来在这里呀，我说哪儿都找不到你呢。”

“我刚来。”方灵梳理了一下头发。林迈第一次见到她手足无措的样子。

“送什么信？”林迈冲陈斌喊道，“这年头，谁还写信呢？”

陈斌把信封交给林迈。那是一只牛皮信封，只有收信人一栏写着“林迈”。陈斌告诉林迈，信封凭空出现在他的办公桌上，同事们觉得奇怪，特地查看监控，竟没有发现送信人的身影。

林迈接过信封，摸了摸，感觉凹凸不平，里面的信瓤不像纸张。他撕开一边，将信中的东西倒在掌心，竟是十枚干结着血液的手指甲……

创作谈

有的没的

/王元

剖析小说创作的心路历程，总觉得是一件很怪且不讨巧的事情，用力谦虚难免妄自菲薄，拍手叫好则有王婆卖瓜的嫌疑，所以我只想客观陈述一下文章从无到有的全过程，只展示生产链，不过多涉猎产品介绍，大概就是随心所至，写一些有的没的，不成敬意和系统。

把“人性”这样赤裸裸的标签放进题目之中，多少有些博人眼球，一般而言，我的小说题目都是越简单越好，从不哗众取宠，通过题目让读者上钩和上当是靠流量为生的自媒体喜欢做的事情。之所以启用这样的文题，第一是为保持连续性——在此之前，我曾经写过一则名为《人性回溯》的短篇，讲述主人公林迈与“裂脑人”斗智斗勇的故事；到了这一篇，主人公仍是林迈，乃有意凑成一个系列使然。

前期与编辑沟通时，我们就确定做一篇贴近现实的科幻小说，不要星球大战，也不要机器人谈恋爱，是那种增添一种假设，就能在生活中成立的故事。这也是我一直以来秉承的创作理念——科幻从现实出发，而非脱轨。广为人知的《三体》，虽然是外星人题材，但是给人的感觉却非常真实，或者说写实，不管是三体人降临之前，关于地球各方势力的描写，还是降临之后，对于未来社会的细节刻画，都不会让人出戏。所谓天马行空，但有根可循。有了根，才会有生命力。科幻给人的感觉总是飞行状态，现实主义给了科幻落地的可能，只有落地，才能走近大众；不再是高不可攀的仰望，而是并肩同行的注视。

《人性回廊》里面就有这样一个现实主义的根（自夸模式开启，如有不适请屏蔽），小说里面的案情虽然不大可能在实际生活中发生，但是整套调查模式极力贴合现有的刑侦手段，包括刑警队编制，以及对技侦支队和法医的部分描写，都咨询了相关人士，并尽可能地还原。

这篇小说前后大概写了一个多月，对于六万字的中篇来说，并不算高效，中间时断时续，常常自我怀疑。最初敲定的篇幅为四万字，后来考虑到故事的完整呈现——简单说就是故事编写得有些复杂，四万字打不住——我只好再加入一条人物线和任务线，将原本只作为一个遥远而模糊概念的杀手立体化，让他拥有了姓名和宿命，承担起讲述和解释的功能,同时也加入了他对爱情的美好向往。

在我看来,绝大多数优秀的科幻小说都是通过设定引出故事,或者说设定和故事相互成全,我自己也在朝这个方向努力。创作《人性回廊》,我同样没有放弃这一理念,只不过不是从设定中引出故事,而是引出悬念,以契合其主打的刑侦风格。科幻与刑侦的融合,并不算新鲜而独有的尝试,但也不常见,我希望能照顾科幻读者的同时,让平时不看科幻的读者也能从中找到阅读的乐趣。所以,在这篇小说里,设定是为悬念服务的,退居到了幕后,冲到读者眼前的是一起起让人悚然的刑事案件。诚然,跟“人性”的考量一样,这也有些博眼球的成分。我有一个观点,读者翻到一篇小说或者一本书,在没有事先了解和特别关注的前提下,与相亲无异。相亲时,男女双方最直观的评判标准就是有没有眼缘。我希望这样一篇主打现实主义风格的科幻小说，对读者而言首先是有眼缘的，只有对眼了，才愿意接触和相处，才有机会了解更有料的精神层面。

说回文本，这篇小说是对“过一种理想生活”的具象化阐释，每个人都会有这样的念头，但付诸实践的并不多。大部分人只是一边抱怨生活，一边好吃懒做，改变自己，谈何容易？小说中给出一种可能性，让选择不同的人生变得可行。但当我们进入不同的人生，真的就能如愿以偿地“洗心革面”吗？我其实持悲观的看法，也因此影响了小说中的人物设定和情节走向。没办法，不是我不够热爱生活，这是我兜兜转转，通过对自己、对朋友的观察所得出的结论。小说里，我也并非鞭挞这种人生观，而是鼓励和呼吁，希望人们能够通过耕耘获得收获，而不是坐享其成。

人们通常容易被思维定式带偏，认为背景设定的科幻更加传统和难写，但这种“难”多反映在资料搜集和作者本身的科学素养方面，是有理可循的技术活，经过大量的阅读和科普积淀，就能获得肉眼可见的提高。我见过很多朋友，总能讲出闪闪发光的设定和点子，落实到故事中，就有些不尽人意。现实主义的科幻创作对故事的要求更高，包括人物、结构和节奏等，触及的是小说写作的根基。我的理解是，因为大多数科幻作者都是科幻迷发展而来的，读而优则写，可能更重视展现震撼人心的设定的呈现，而疏忽甚至不屑小说创作的规则。但坚持写下来，就会有非常可喜的质变，常常比由其他类型和传统文学转而写科幻的作者更能构思出让人眼前一亮而历久弥新的故事。

创作《人性回廊》的过程中，还发生了一件险些让我心态崩溃的事情——并非写作本身，写作令心态崩溃再正常不过，尤其是这篇的风格与我惯常的科幻创作迥异——我的一个大学同学突患脑梗，致使左边身体偏瘫，更严重的是，神经受到压迫，除了带来身体上的不便，也对他的精神产生一定的影响。他是一个想法很多、很赞的人，不仅在他所从事的物流领域，他对其他行业包括外贸、法律咨询甚至文娱都有一些独到的见解。生病后，他非但不糊涂，反而异常清醒，甚至产生了一种滞后感——他觉得自己以前过于懒散，浪费了时间和商机，以后要抓紧践行，便找做外贸的同学商议出口，找法律从业者探讨考律师证，找我写他的家族史（他跟我说，你别写乱七八糟的科幻了，要写现实题材才能长久——这个结论听起来有些危言耸听，他既不了解科幻，也不清楚我的写作，但代表了一种观点，以为科幻就是不切实际的想象);种种计划同时推进,而且志在必得,旁人说什么都听不进去,拒绝他就是道不同,拒绝他就是办事不力。他甚至瞒着家人从老家坐车跑回石家庄,一个人生活。我们担心他,轮流去照顾。他还十分抗拒“照顾”这个说法,执意将措辞改为“照看”。万幸,半个月后,他的精神状态逐渐恢复正常。

这件事给我很大冲击,一度中断写作。扪心自问,我到底想要什么?到底在写什么?我当然不会因为他的一句话就彻底否定我的科幻写作,在可以预见的未来,我会一直从事科幻写作,这是我热爱的领域。正因为热爱,才要做得更好,我希望我的科幻首先能让读者顺遂地读完,进而可以在放下书的时候回望一下自己(能够仰望星空当然更好),因此,现实主义风格就成为一个很好的出路,可以更好地走入人们的心里。如果我的同学看了我的科幻，就会觉得，我并没有脱离现实，只是给现实一种可能性，这种可能性恰恰是科幻的魅力所在。

以上，就是一些有的没的。

手账

来源于日本，标准写法为『手帐』（手帐　てちょう），指用于记事的书页